책
섬

책섬

김한민

work
room

책!
책이라니?
나도 한때는, 책이란 게
그렇게 써지는 줄 알았지.

— 마야콥스키, 「바지 입은 구름」

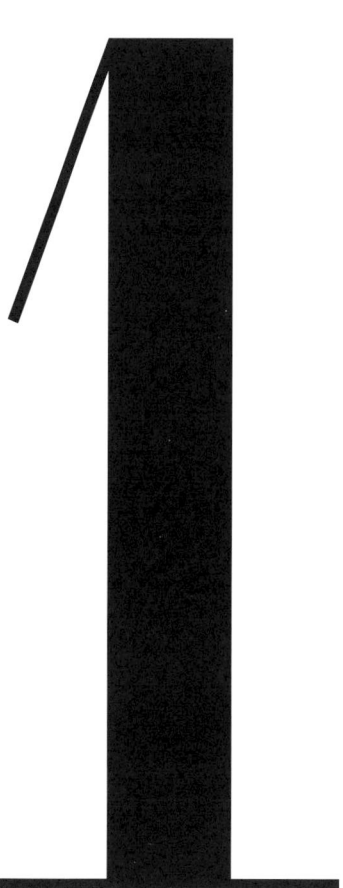

안녕.
나는 저자라고 해.
몇 살처럼 보여?

나도 어느새 폭삭 늙어버렸어.
책이 쇠락하는 시대에 책 만드는 사람으로 태어난 죄지.
시대와 호흡할 재간이 없어
자발적 귀양을 택해 평생 혼자 살아왔으니.

내 숨구멍들은
내 지팡이가 두드린 자국들.

불평 없이 살아왔어
지금 짓는 책, 다음 지을 책만 보며.
그런데 마지막 책을 지을 때가 오자
문득, 내게도 독자가 필요하다는 생각이 들었어.

나야 처음부터 홀로 터득해야 했지만.

책 짓는 기술을 전수, 아니
기록 아니 기억이라도 해줄 누군가가 있다면?

외딴 곳에 소리 소문 없이 사는 주제에
누가 찾아주길 바랄 수도 없는 노릇.

직접 나서야 했지.

안 하던 짓을 해야 했어.
갓 지어놓은 책들을 미끼로 달아놓고 한참을 기다렸지.

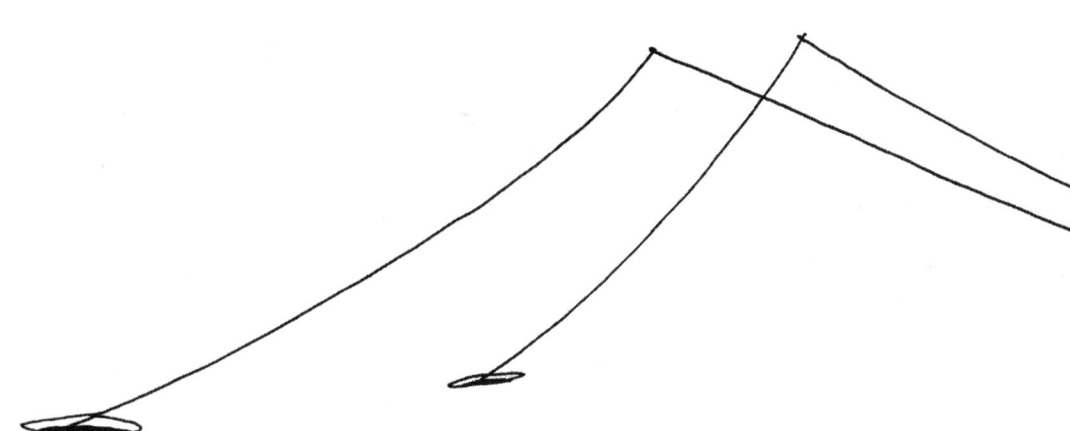

시간 감각을 잃었을 때쯤…

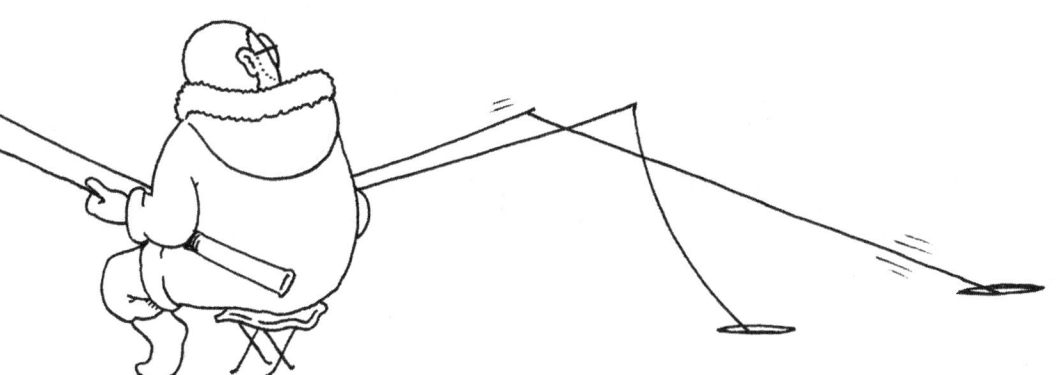

누군가 입질을 했어.

처음에 낡은 독자는 상처를 심하게 받은 듯했어.
책 속에서 처방을 찾고 있었는데, 제공할 게 없다고 했더니 돈을 주겠다고 했어.

대화는 오래가지 않았지.

그다음은,

없었어.
아무도.
정말로 아.무.도.

기다리고 또 기다렸지.
그러다 잠시 졸음을 못 견딘 사이에
그만…

모든 걸 바람이 채 가버렸어.

황망히 돌아서려다,
혹시나 해서 주머니를 뒤져봤어.
이야기 부스러기 하나가 남아 있었어.

언제인지 기억도 안 나는 옛날,
꼭 이렇게 시린 날 끄적인 작디작은 조각.

착한 동장군에 관한 슬픈 이야기.

세상에서 가장 추운
동장군의 다락방.
이불을 겹겹이 덮어도
소용없는 엄동설한.

얼마나 춥냐면,
바깥세상 그 어느 곳과도
비교가 안 되는,
창문을 여는 순간
겨울이 시작이 되는 곳.

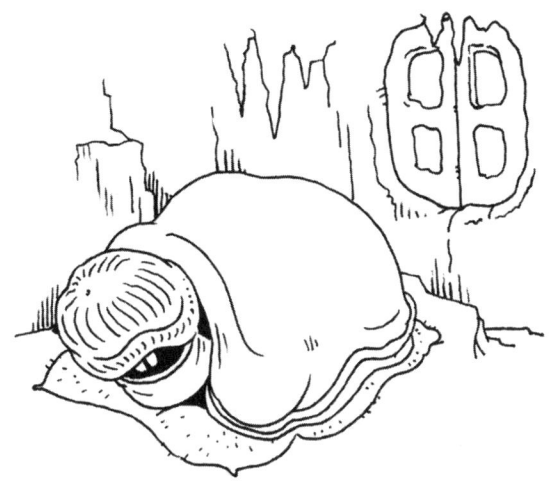

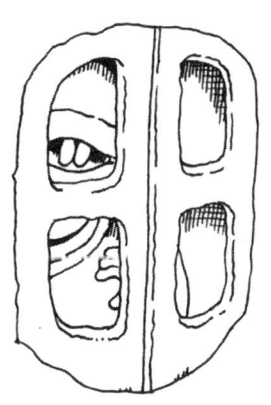

사람들이 추위를 싫어하는 걸 아는 동장군.
자기 혼자만 견디면
남들은 따뜻하다는 생각으로
버티는 데까지 버티던 나날.
그러다 어느날…

대충 그렇게 시작하는 이야기.

낚싯대도 없어서
줄에다 직접 연결해야 했어.

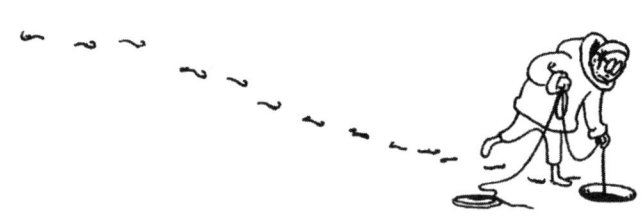

마침 작은 얼음 구멍이?

이도 안 되면 이젠 끝이라고
거의 자포자기하는 심정이었는데…
웬걸, 그토록 고대하던 두 번째 입질이!

웬 어린아이였어.

안녕?

작고 둔해 보이는,
자기를 부르는지도 모르는.

"저요?"

난 책 짓는 사람, 저자라고 해. 책섬에 살지.
책이 어떻게 탄생하는지 알고 싶어?

"네, 무척!"

좋아. 나도 실은 알려줄 사람을 찾고 있거든.
대신 이야길 하나 들려줘. 그게 내 맘에 들어야 해.

"수수께끼 좋아해요!"

이건 수수께끼가 아냐.
그리고 넌 느낌표를 즐겨 쓰는구나?
그건 좋지 않은데…
하여간, 아무 얘기든 해봐.
단, 책에 관한 너의 이야기여야 해.

"음…"

"음…"

"음…"

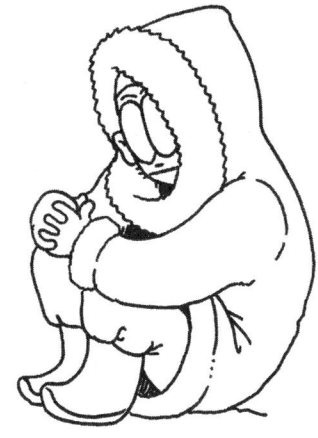

내가 잘하는 게 있다면 기다리는 것.
이윽고, 아이는 입을 열었다.
아이는 병에 걸려 있었다.

"난 책 병에 걸렸어요.
태어날 때부터.
모든 펼쳐지는 것들을
책으로 착각했어요."

엄마! 책 바깥으로 나가도 돼?

엄마, 이 책도 읽어줘.

엄마, 이 책은 왜케 차가워?

이거 봐, 쪼끄만 책이야!

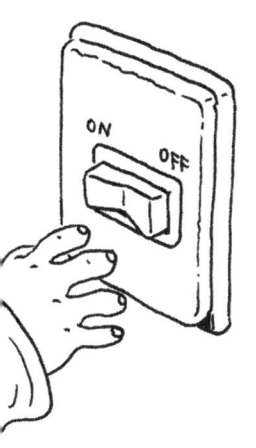

"정말이에요.
 책과 책 아닌 걸
 구분하지 못했어요.
 실은 지금까지도.
 어쩌면 갈수록 더 심해졌나봐요."

"나중엔 사물과 책은 물론,
 나랑 책도 구분을 못 했어요."

내가 사람을 잘 찾았는걸?
넌 훌륭한 독자가 될 수 있겠어.

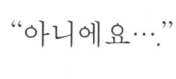

"아니에요…."

"전 사실 읽지 못해요. 눈이 멀었거든요.
완전히 멀진 않았지만 많이 흐려요.
눈앞에 365일 안개가 꼈어요."

"하지만 책은 정말 좋아해요.
펼칠 때의 느낌, 덮을 때의 느낌이
못 견디게 좋아요.

펼칠 땐 바람이 일고,
가루가 막 흩어지죠.
책마다 다르고
그래서 두근거리고."

"문장이란 게 있다면서요?
너무 보고 싶어요. 놀라워요,
글 쓰는 사람들은.

아, 어떻게 하면,
문장과 문장을 이어서…"

"바람을 일으킬까?"

"사람들은 병이라는데
 난 내 병이 싫지 않아요"

책 병은 치료할 만한
병은 아닌 것 같구나.

"맞아요. 부모들은 아이가 책 좋아하면
 좋아하잖아요? 근데 난, 못 읽으면서
 좋아만 하니까 싫은가 봐요."

넌 내가 아는
어떤 환자보다도 건강해 보여.
아는 사람이 몇 없긴 하지만.

"어쩌면요.
 어쩌면 나도 책을 보는 걸 수도 있어요.
 글자에 홈이 패여 있으면 볼 수 있어요.
 깊이가 있는 책, 꾹꾹 눌러서
 논두렁처럼 파인 책이 좋아요."

정말?
그거라면 내가
평생 만들어온 건데!

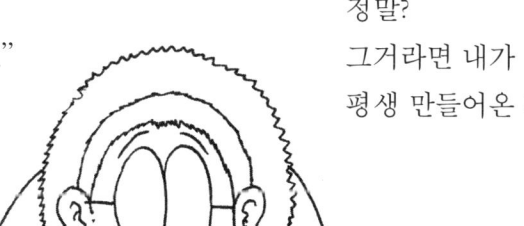

가자! 지체할 게 없어. 넌 합격이야!

우린 바다를 건너 책섬에 갈 거야.
아까 네가 물었던 미끼를 마저 읽어줄게.
졸리면 자도 좋아.

...

일어났어?
어느새 바다에 다 왔단다.

자, 이제 파도를 타자. 아주 쉬워. 흐름만 타면 돼.

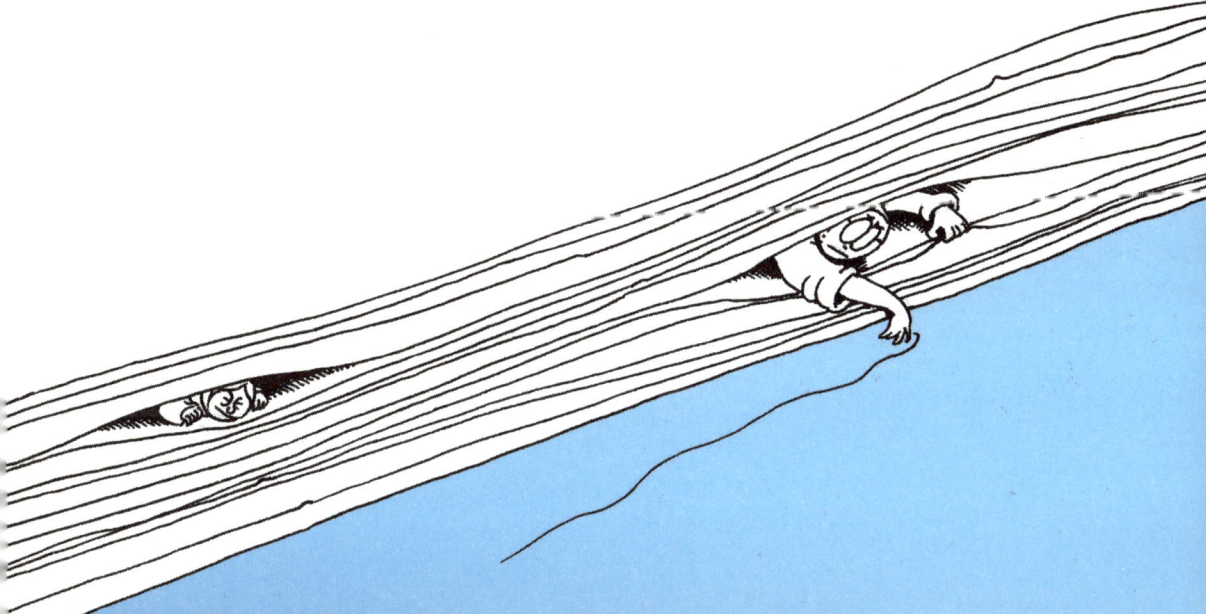

이 근처엔
내가 만든 섬도 있고,
조상들이 만든 것도 있어.

우린 저 앞에 보이는
무인도로 갈 거야.

여기야. 우리 책의 재료가 될 곳.
좋은 책은 미개척 황무지에서 탄생하는 법이지.

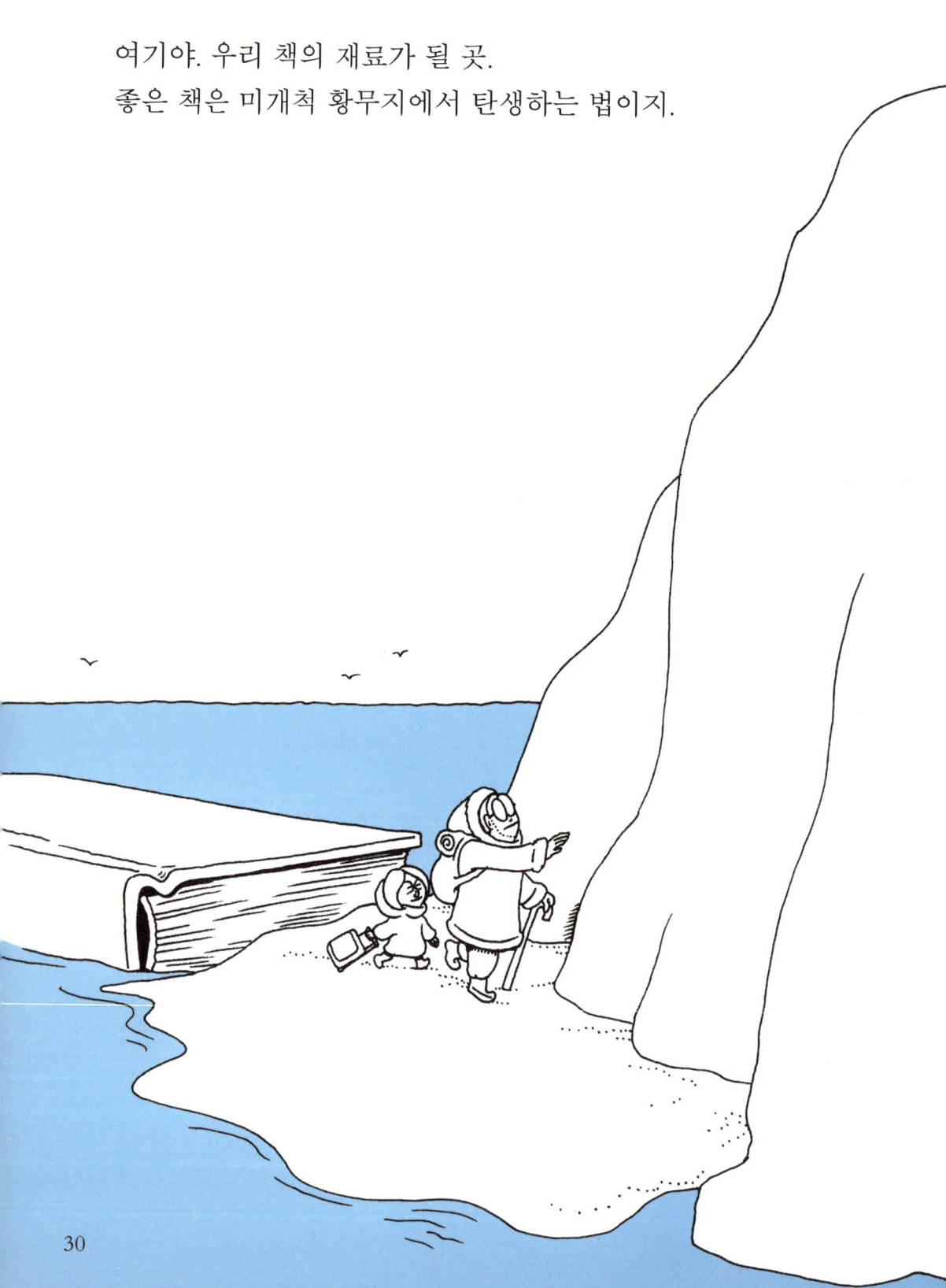

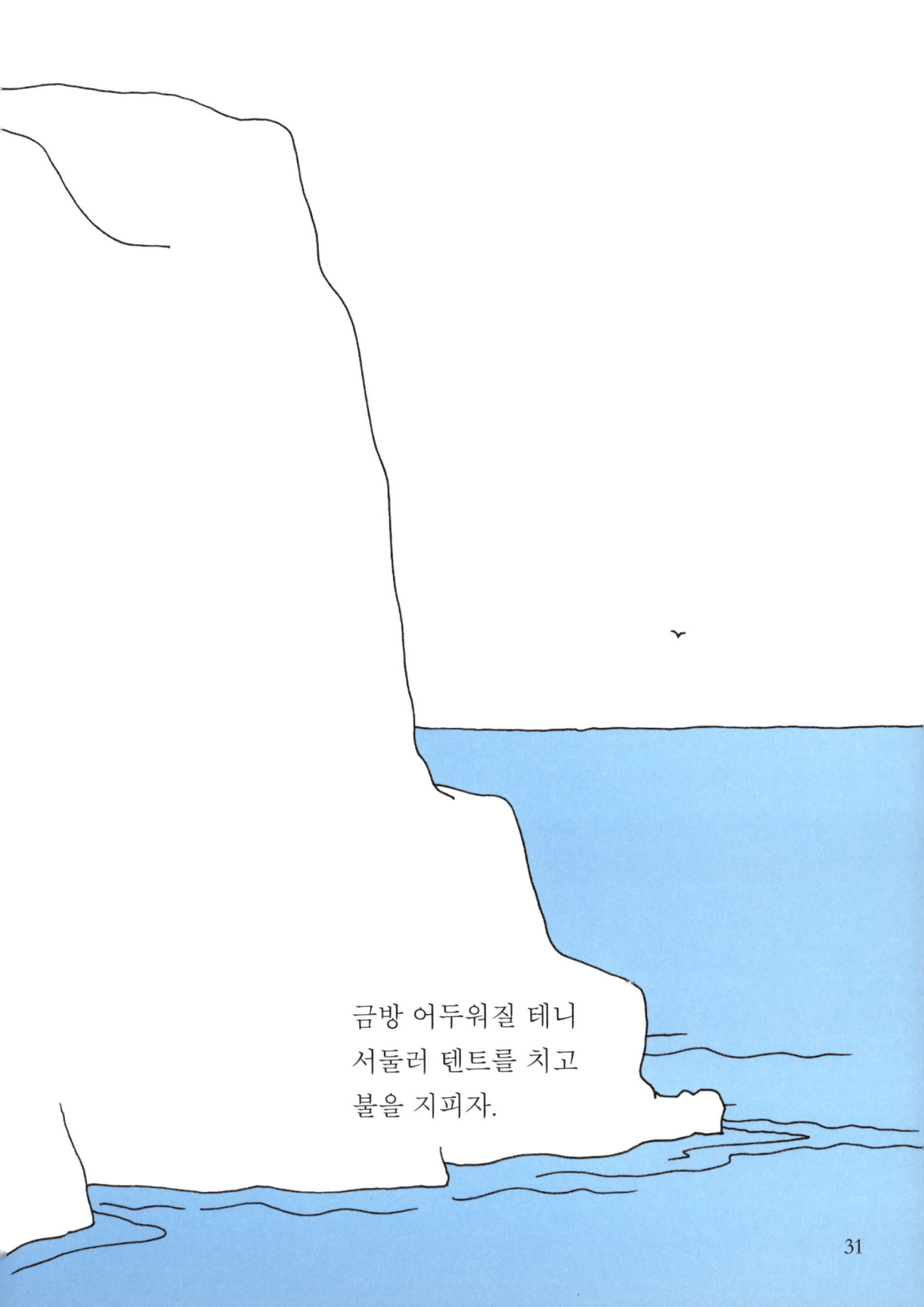

있을 만해?

"딱 맞아요."

불 피우는 걸 거들어줘.
여긴 텅 빈 섬 같지만,
근처에 날고 기는 것들이 득실대.

섬 촌뜨기들이
한 번도 못 들은 음조를 들려주면…

금세 모여들어. 바닷속에서도 찾아온단다.
녀석들과 잘 사귀어둬.
소문이 잘 나야 도움 받을 수 있거든.

일어났어? 벌써 다섯 시야.
다행히 어제 성과가 좋아서
땅파기의 귀재들이 모두 모였어.

땅돼지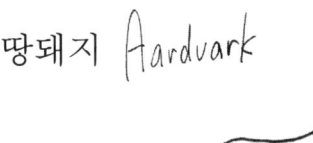

오소리

굴곰 Wombat

고슴도치 Hedgehog

두더지 Mole

쟁쟁한 베테랑들이지.

다들 알겠죠?
중심을 파내면서 흙은 바깥으로 버리면 됩니다.
동심원을 그리면서요.

자, 그 삽 네 거야.
오늘부터 주구장창 팔 거야.

"책은요?"

책?
지금 하고 있잖아?

파다 보면 알게 돼.
파는 게 반이야, 책은.

여기 온 지 벌써 며칠째지? "기억도 안 나요."

낮에는 삽질,
두세 시간마다 새참,
쉴 때는 피리 연주,

그리고
무엇보다 중요한…

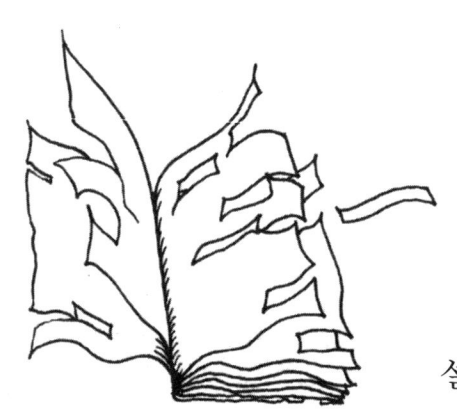

설계도 짜기.

영영 끝이 안 보일 것 같았건만,

돌아보니 어느덧 모양새를 갖춰가고 있으니

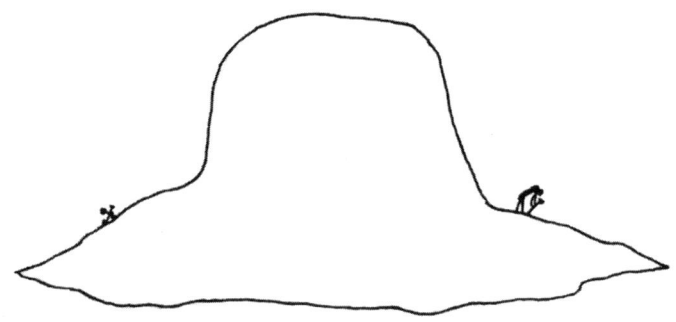

이 또한 기쁜 일 아닌가! 조금만 더 힘을 내자고.

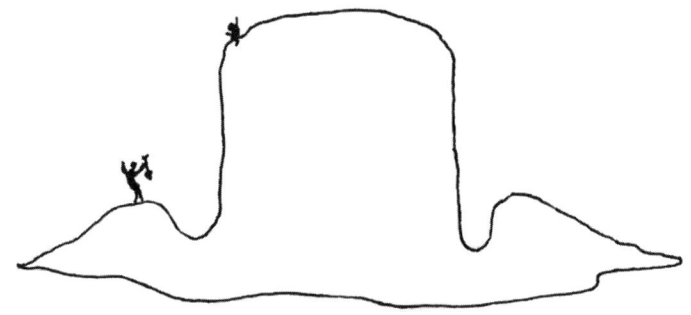

난 늘 동물들로부터 배우지.

'왜'란 질문을 하지 않는 법을.
가령 '왜 책을 만드냐'는 질문 따위.
필요도 없고, 하더라도 답이 너무 간단해.

이보게, 자넨 왜 책을 만드나?

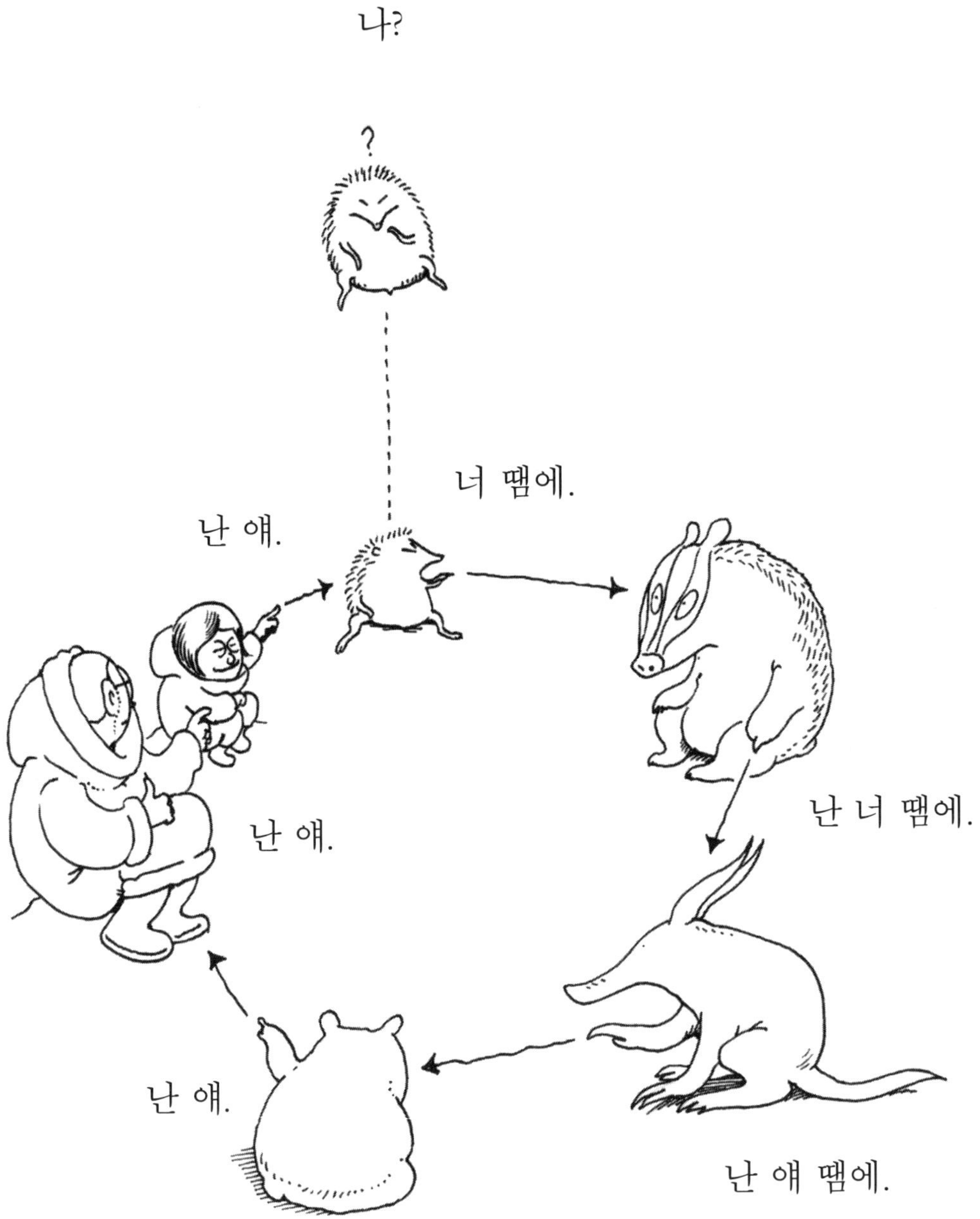

그리고 우리는 잠이 든다.
왜?

"졸리니까."

"마시멜로 먹을래요?"

아니. 오늘 밤은 긴히 할 얘기가 있어. 오물거릴 때가 아냐.
널 여기 데려온 본래 목적을 까먹고 있었어.
전수할 게 많은데 말이야.

"안 해도 되는데…"

난 말이다, 평생 책을 만들어왔어.
근데 지나고 보니 진짜가 없는 거야.
처음엔 진짜로 시작하는데, 하다 보면 가짜가 되는 거야. 이상하지?
매번 원래 하려던 말을 잊고 미궁에 빠져버려.
어찌어찌 마무리는 하지만 늘 뭔가 부족하지.
사람들은 그게 당연하대. 세상에 완성이 어딨냐, 그러다 보면 조금씩 나아진다?
개뿔! 거짓말이야. 불행히도 난 진실을 알았어. 완성이란 게 있더라고!

"와!"

늘그막에야 알았어. 왜 시인이 시를 쓰는지를.
그래서 나도 시를 조립하게 된 거야.

"시가 뭔데요?"

옛날에 한 시인이 말했지.
'시는 동물이다.'

아냐.
시는 단어로 된 함정이야.
문장으로 꼬은 올무.

볼래?

봐! 행 하나만 망가져도 바로 도망가지.

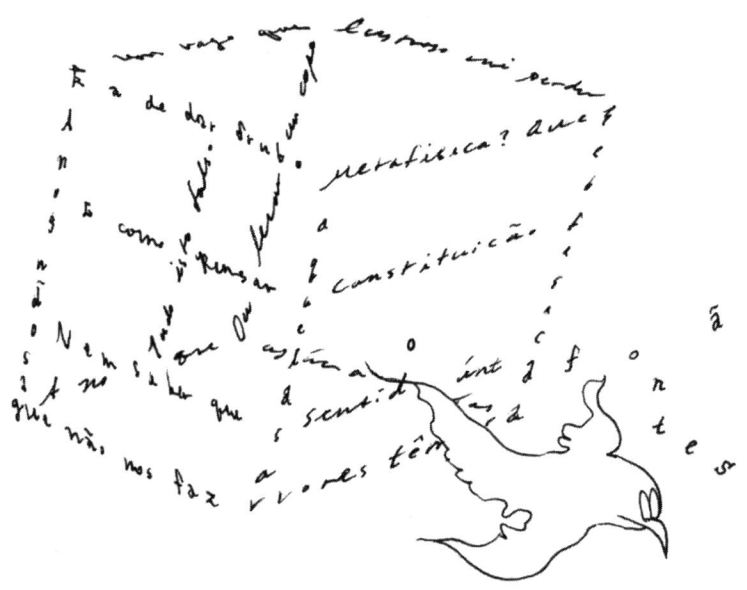

하지만
고도의 집중력과 산만력을 발휘하면
정교한 함정을 설치할 수 있어.

보여?
이렇게.

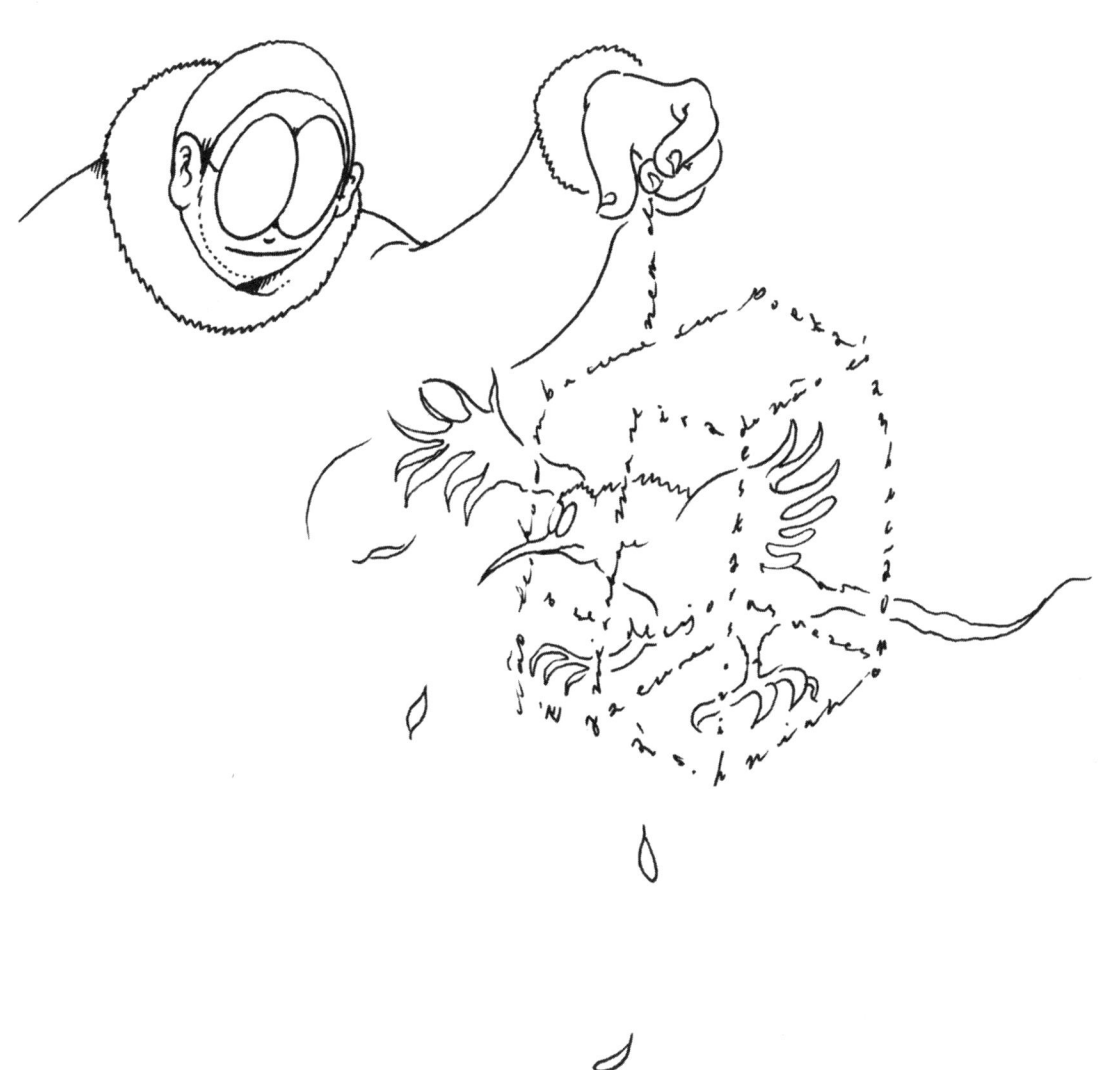

단 한 개의 문장으로도 포획할 수 있고

수십 개의 문단으로도 놓칠 수 있어.

"아이고!"

연습 좀 더 해야겠구나.

어떻게 책에 빠지게 됐는지 궁금해?

"음… 그런 거 같아요."

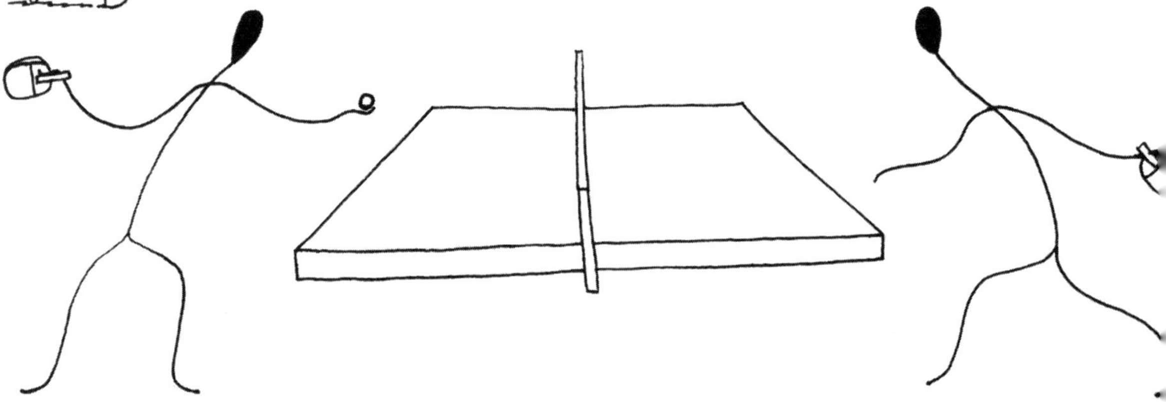

우연이었단다. 난 뜨내기 구경꾼이었어.
멀찌감치 지나가던.
그저 숙련공들이 노는 게 신기했지.

숙련공들의 게임 원리는
간단했어.

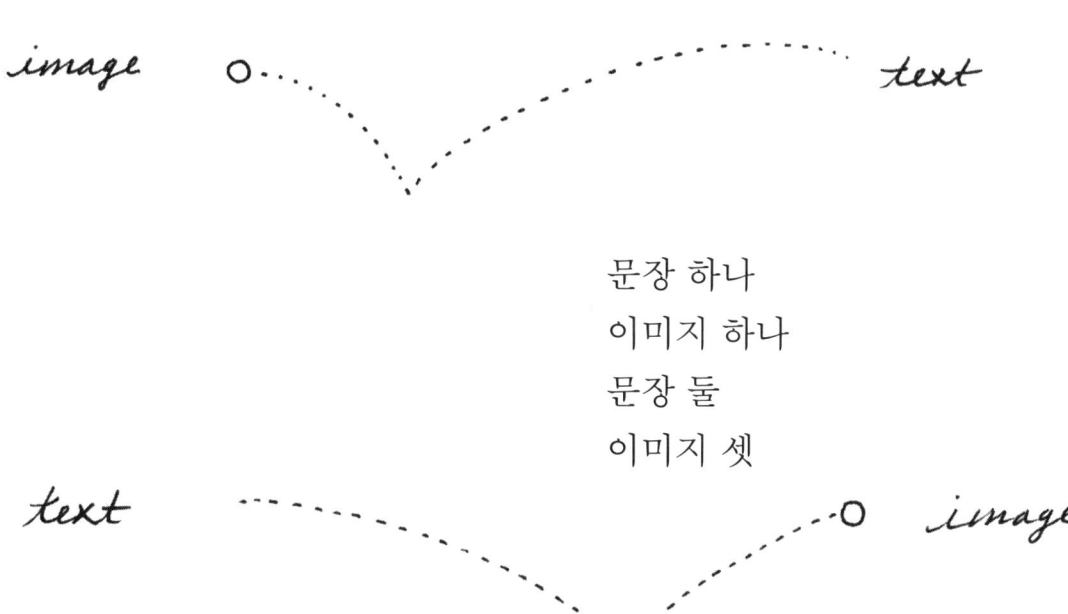

문장 하나
이미지 하나
문장 둘
이미지 셋

그다음 문장으로 넘어가고
이미지의 띠를 잇고

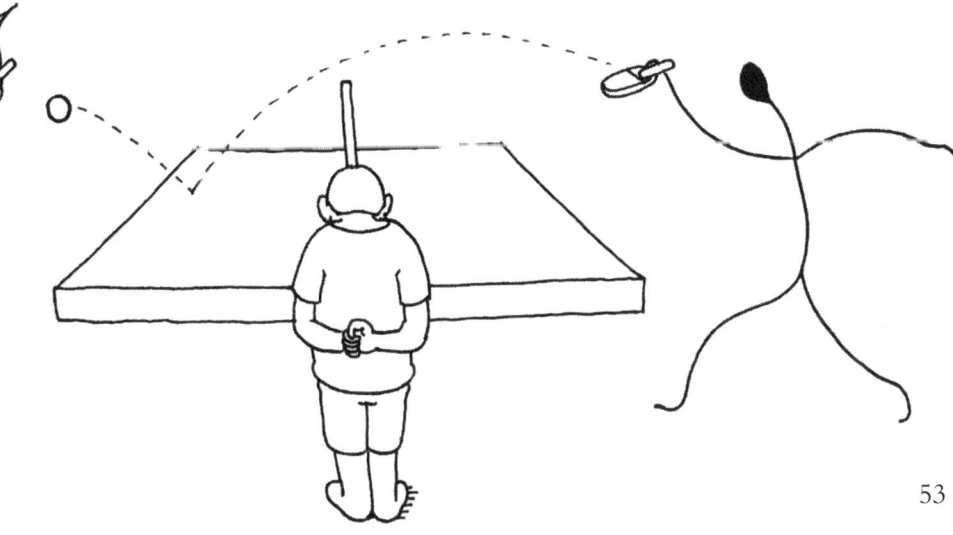

문자, 그림

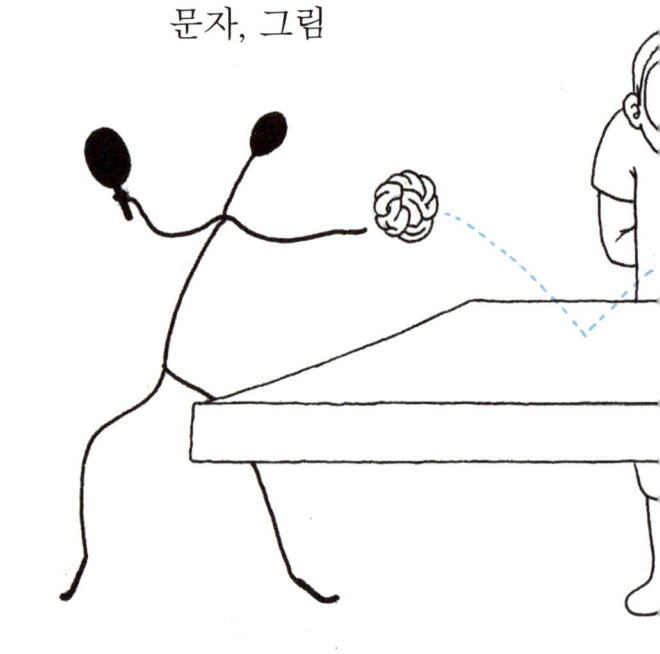

text, image

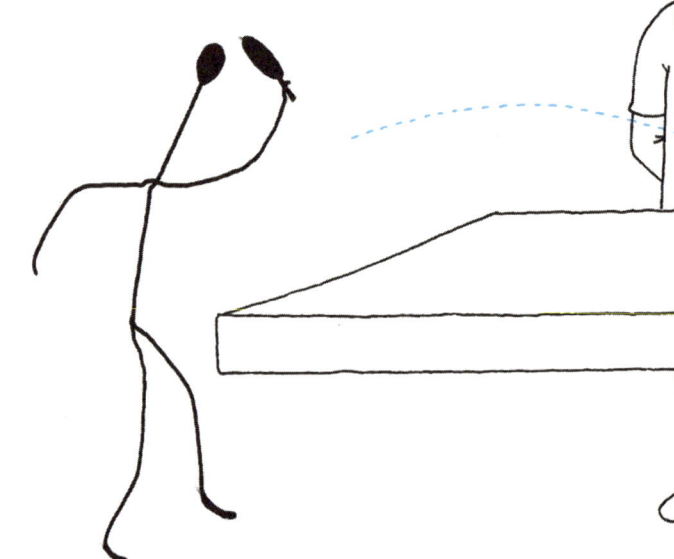

그림, 문자

image, text

안 그러니?
이미지를 상상하지 않고
읽는 건 불가능해. 인간 머리로는.
왜 그럴까?
숙련공들이 심어놓은 파편들 때문이야.

"무슨 말인지 모를 거 같아요.
 하지만 괜찮아요."

너 참 시적이구나?
아무튼 그랬어.
왜 시는 문자와 이미지로 엮여 있을까?
가만히 보니까,
탁구공을 자세히 보니까…

뇌 모양이더라구.
옳거니! 뇌야말로
문자와 이미지로 짬뽕된 거잖아.

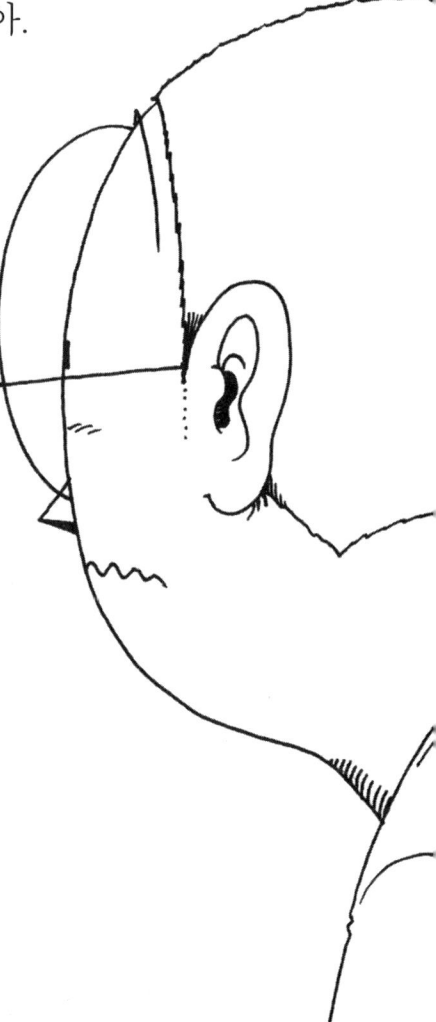

근데 그딴 게 문제가 아니었어.
진짜 문제가 생겼어!

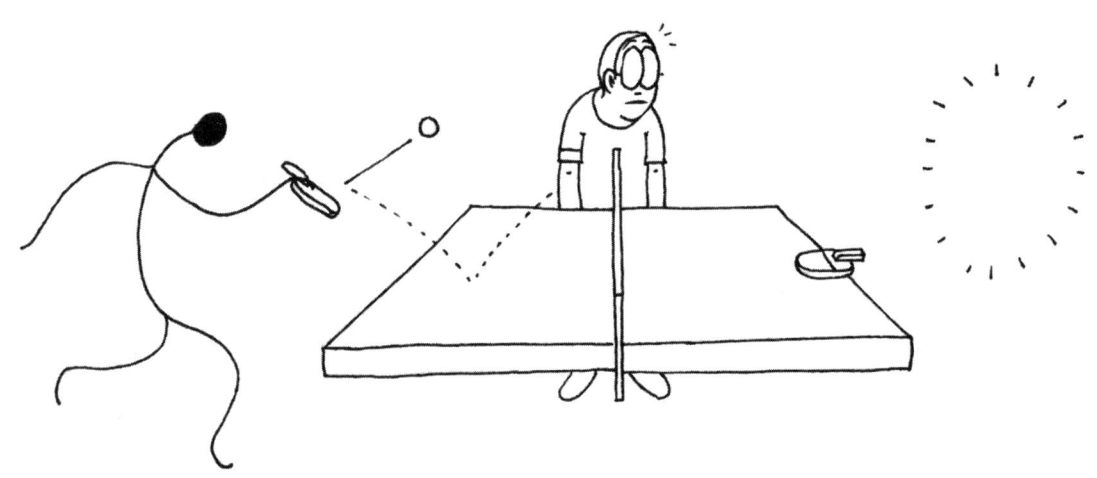

한쪽 선수가 사라진 거야!

이제 어쩐다?!

엉겁결에 내가 껴버렸지.

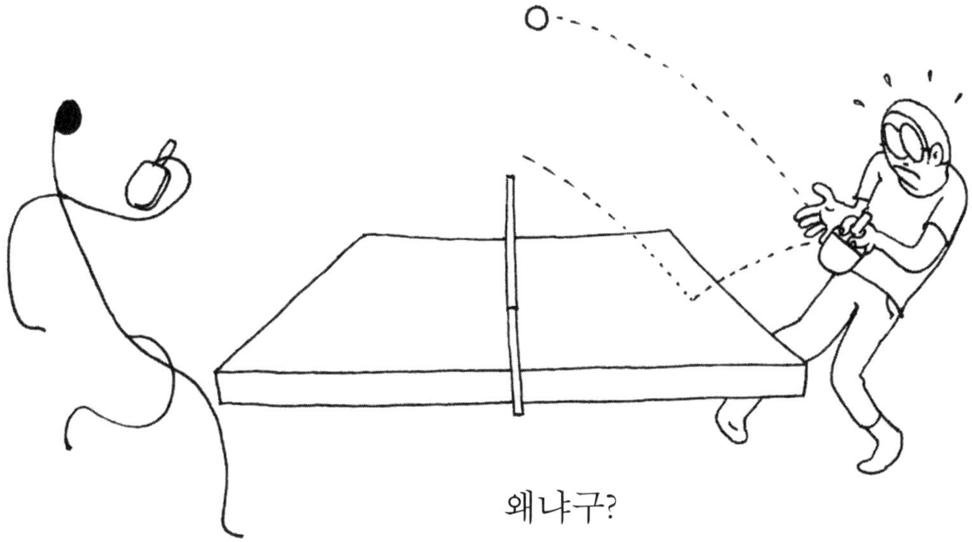

왜냐구?
난 단지 게임이 끊기는 게 싫었거든.
근데 이게 또 웬일이래?
나머지 선수마저!

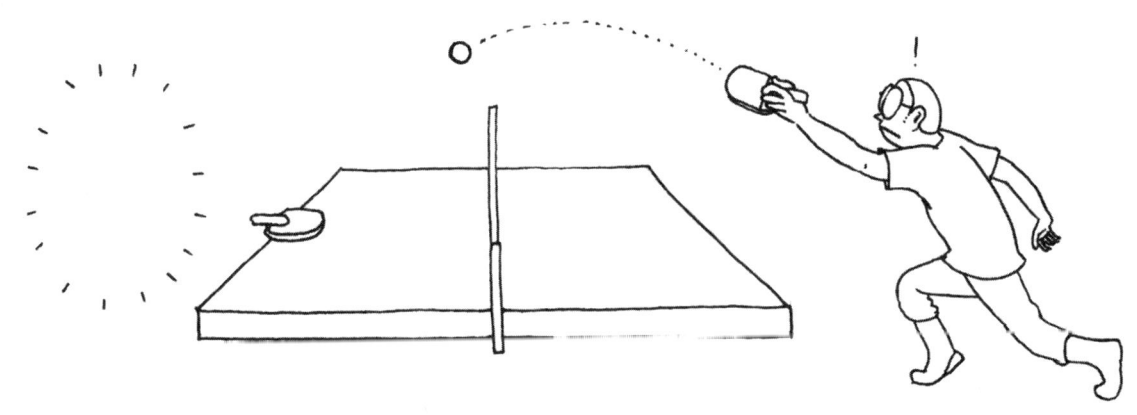

결국 나 혼자 이쪽 갔다, 저쪽 갔다
북 치고, 장구 치고…

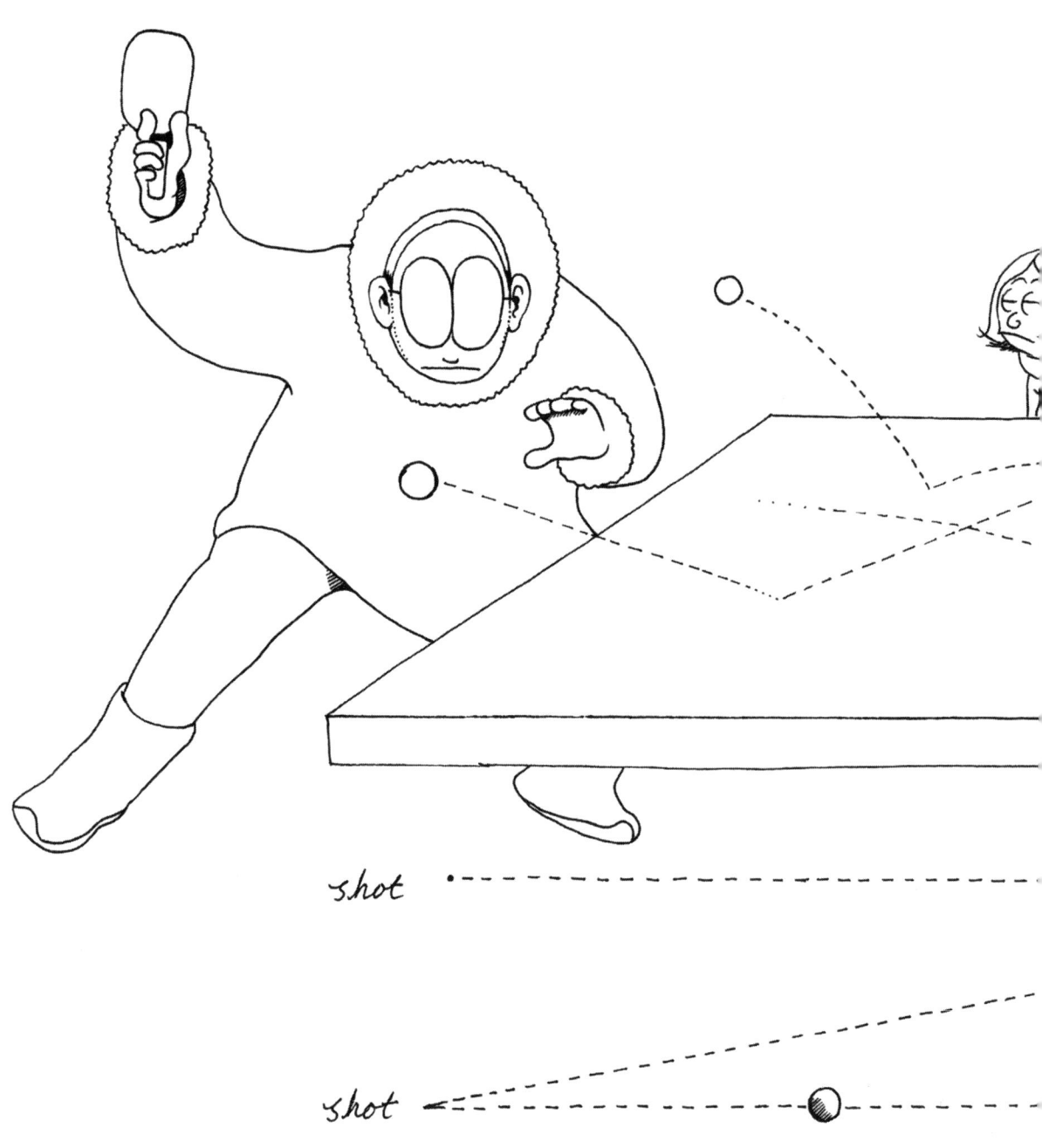

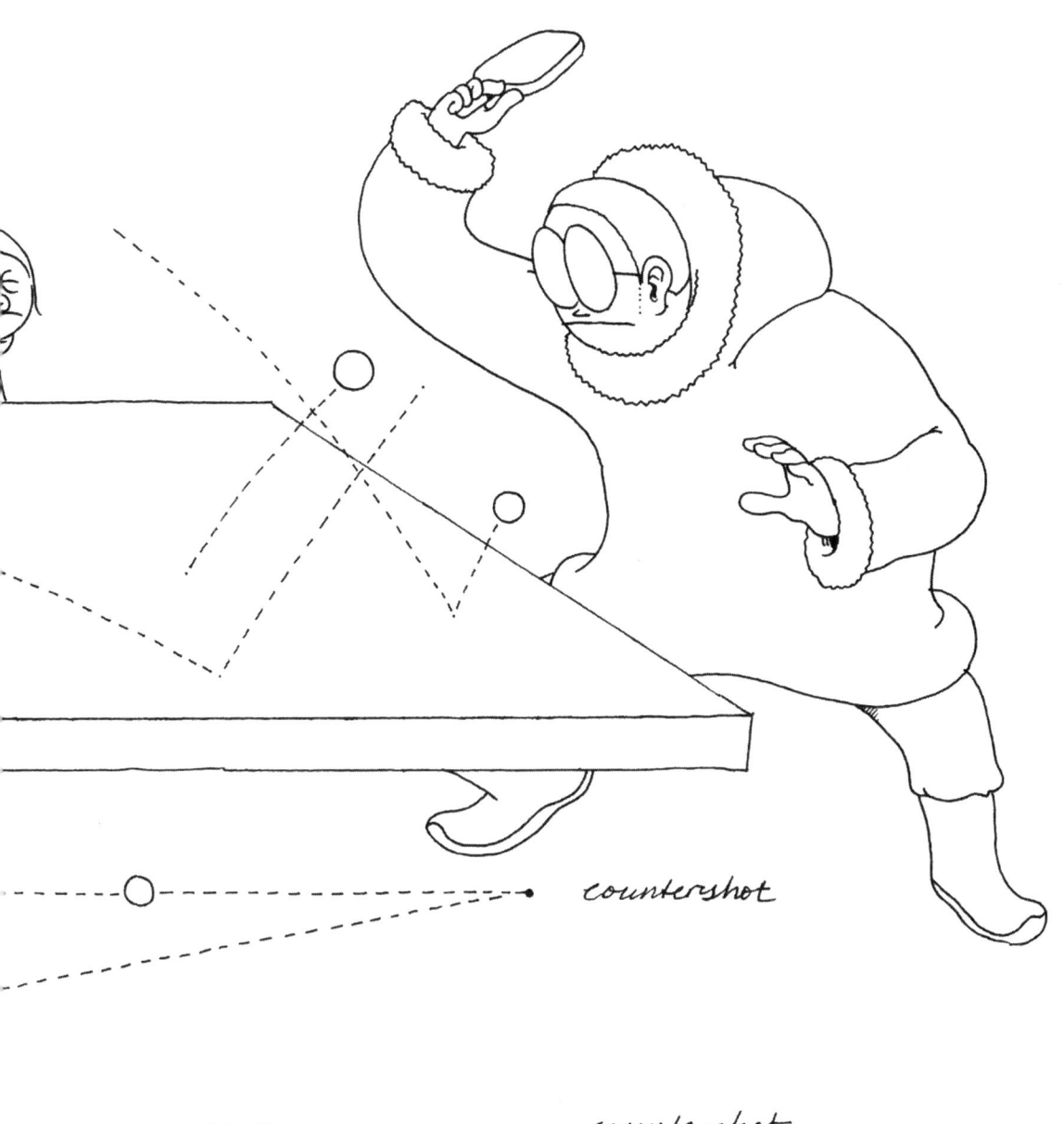

근데 그렇게 왔다 갔다 하다 보면 중독이 돼.
점점 재밌어질 것 같단 말야. 무언가 남기고 싶어져.
기록을 하고 싶어지지.
근데 기록하려고 하잖아? 갑자기 초조해져.

저기쯤 기록할 도구가 보이긴 하는데
핑, 퐁, 핑, 퐁을 멈추는 순간 모든 게 날아가 버릴까봐.

잔꾀를 내보지. 공을 하늘 높이 쳐 올리고!
그사이에 번개같이 기록 도구를 집는다…

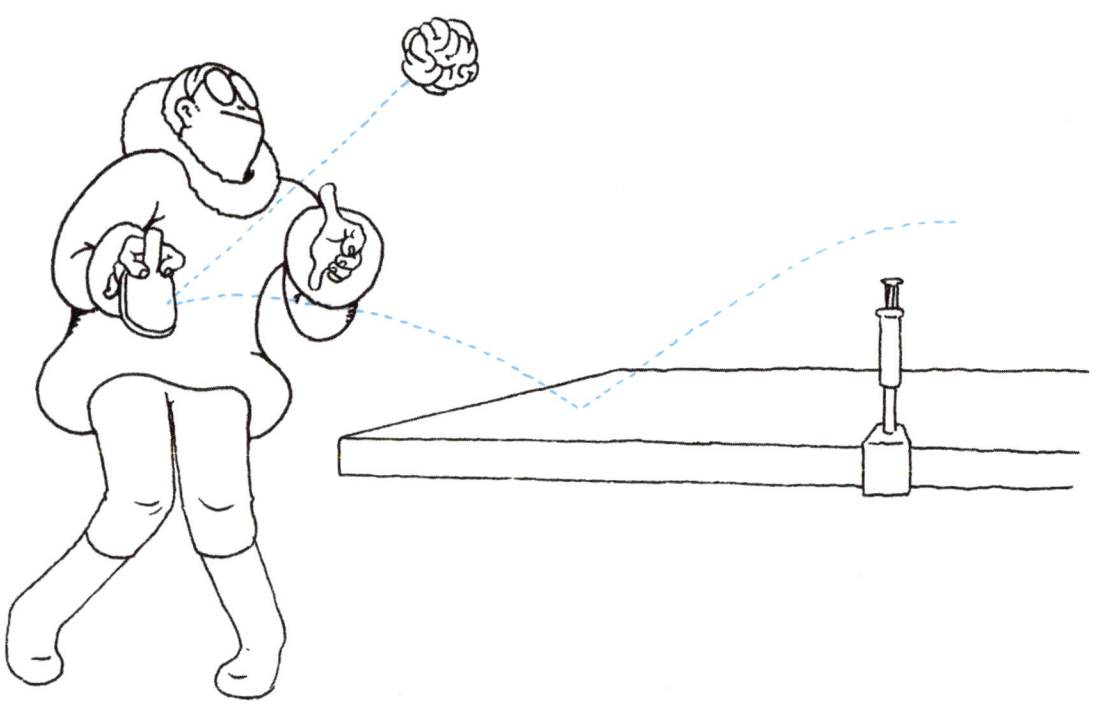

결과는?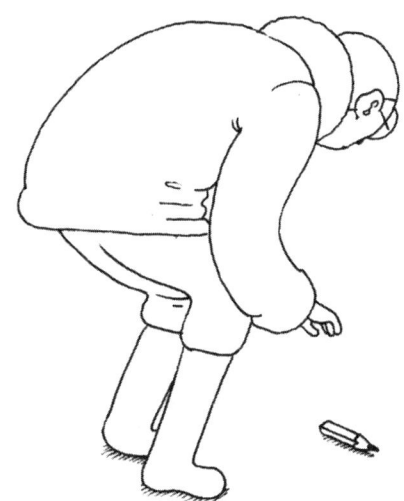

에구.

기록은 그만큼 어려워.
내가 터득한 기술은
가능한 오래 핑퐁을 하는 법.

        조바심이 나도
        애가 타도
        근질거려 죽겠어도
        계속 게임을 하는 거야.

              몸이 기록할 때까지 계속.

그럼 나중엔
자유자재로
다룰 수 있게 될 테고.

끌고 다니면서
산책까지 할 수도 있지.

너가 있는 세계 밖의 반응도 살필 수 있고

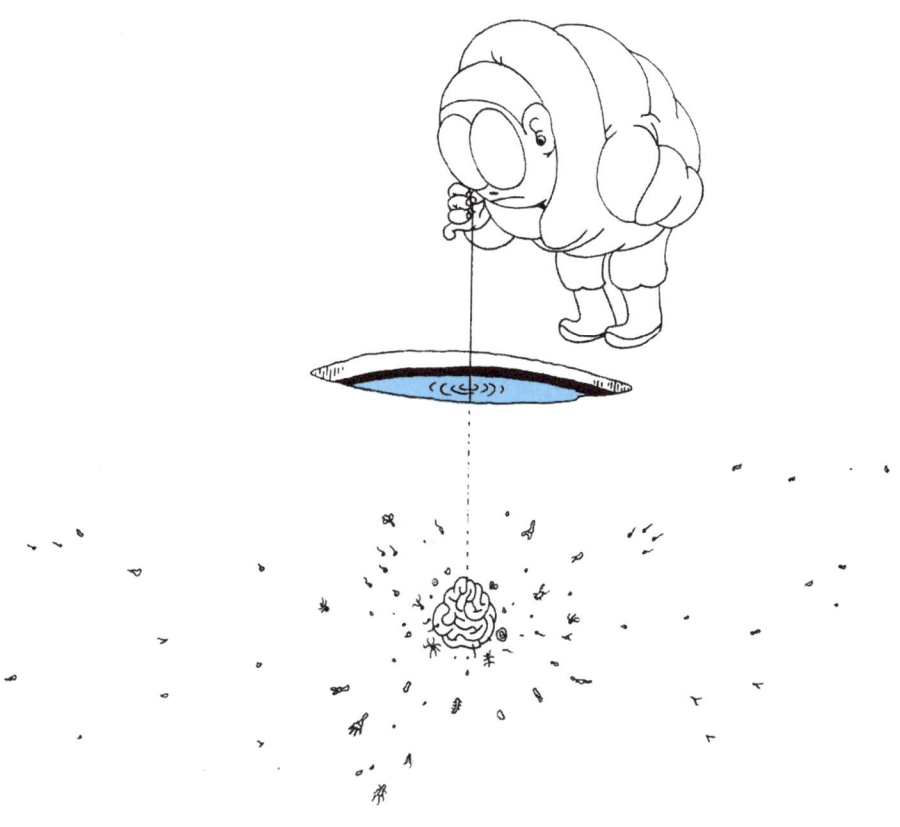

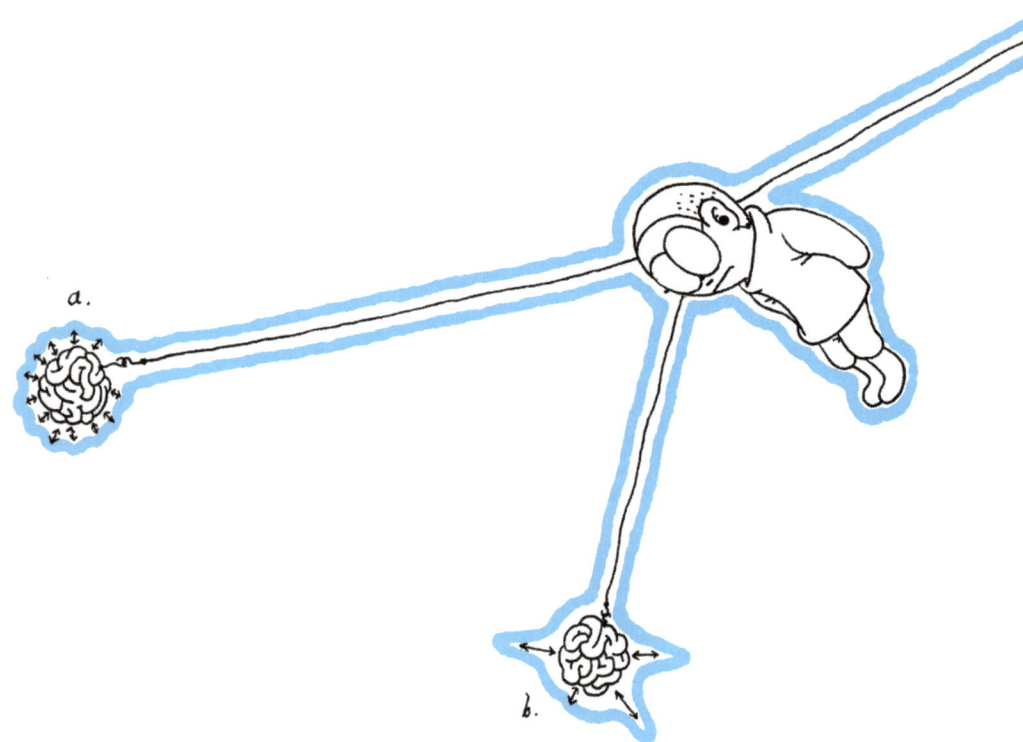

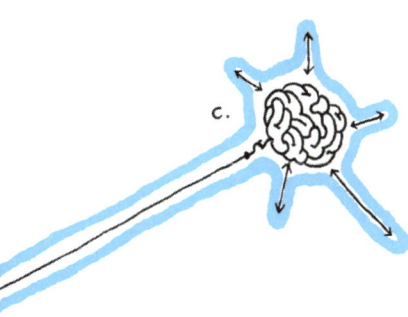

무한한 수의 세계들과 접속할 수도 있어.

나중에는 그것들을
보관할 서랍이 모자라
때때로 하나씩
풀어줘야 할 때도 있는데,
신기한 건…

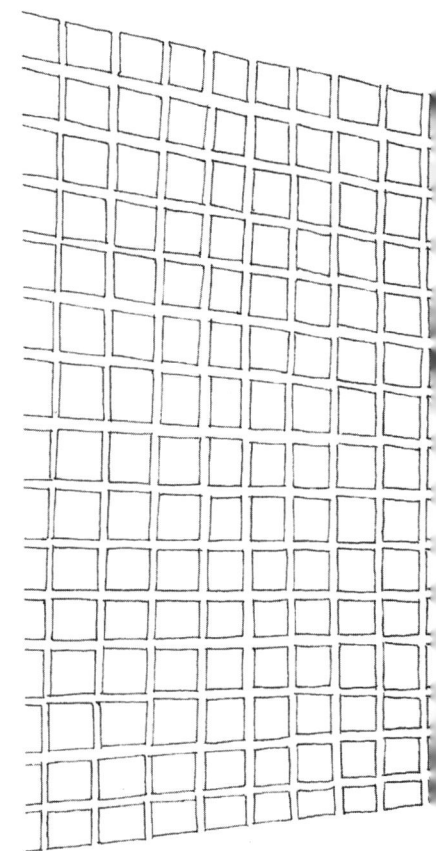

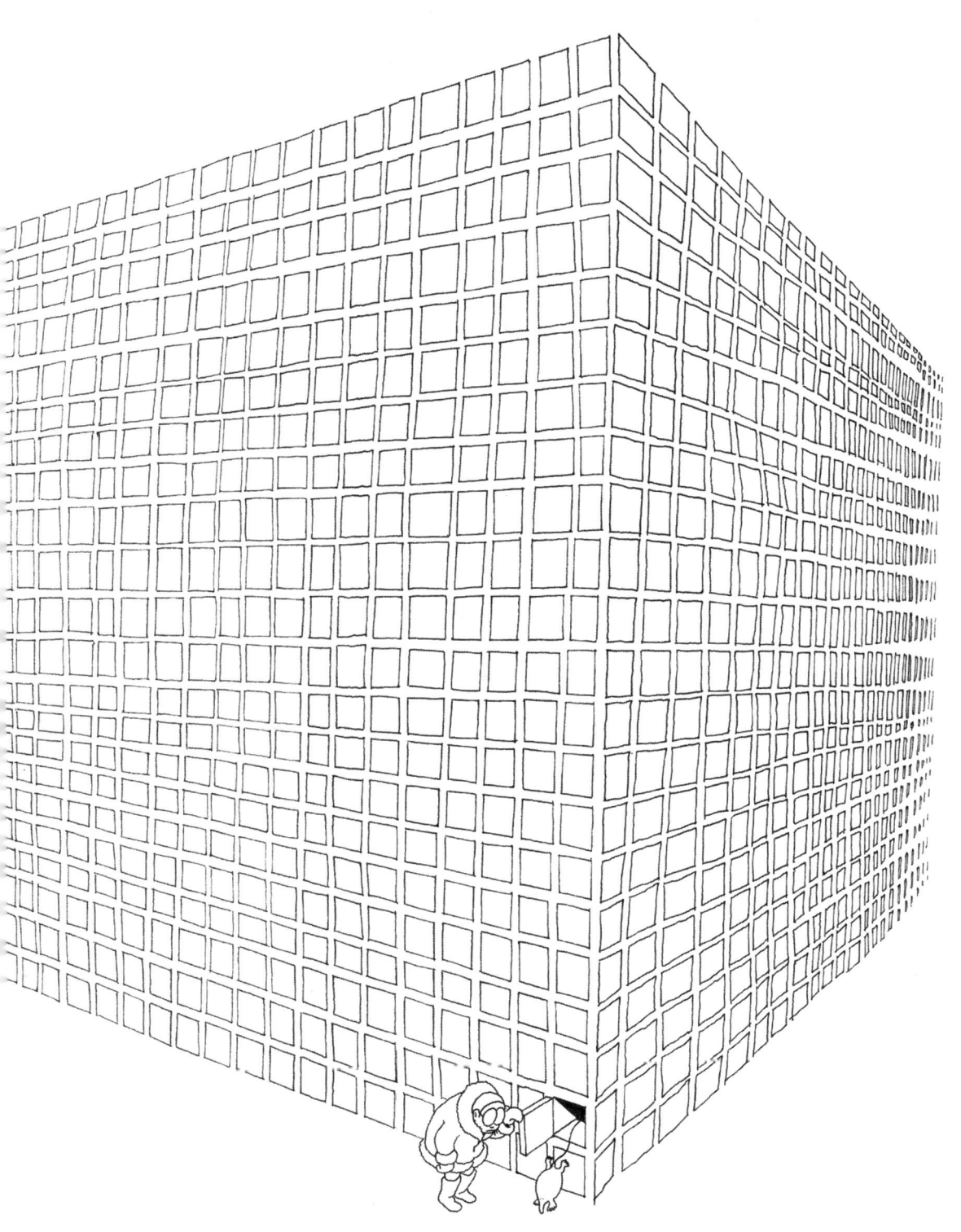

풀어줄 때쯤 되면 또 달라져 있어! 놀랍지 않아?

얘기가 길어졌구나.
아무튼 그렇게 시작된 게 지금까지도 이러고 있지.

"여기 오래 있다 보니까, 다른 섬도 구경하고 싶어요."

다른 섬? 우리 섬이 막
모양새를 갖추려는데 다른 섬?
그건 위험할 수 있어. 영향 받기 쉽거든.

"영향은 나쁜 건가요?"

아니. 다만 때가 있는 법이지.
눈과 귀를 닫을 때 못 닫으면
네 목소리는 영영 못 찾아.

…그래도 정 보고 싶은 거야?

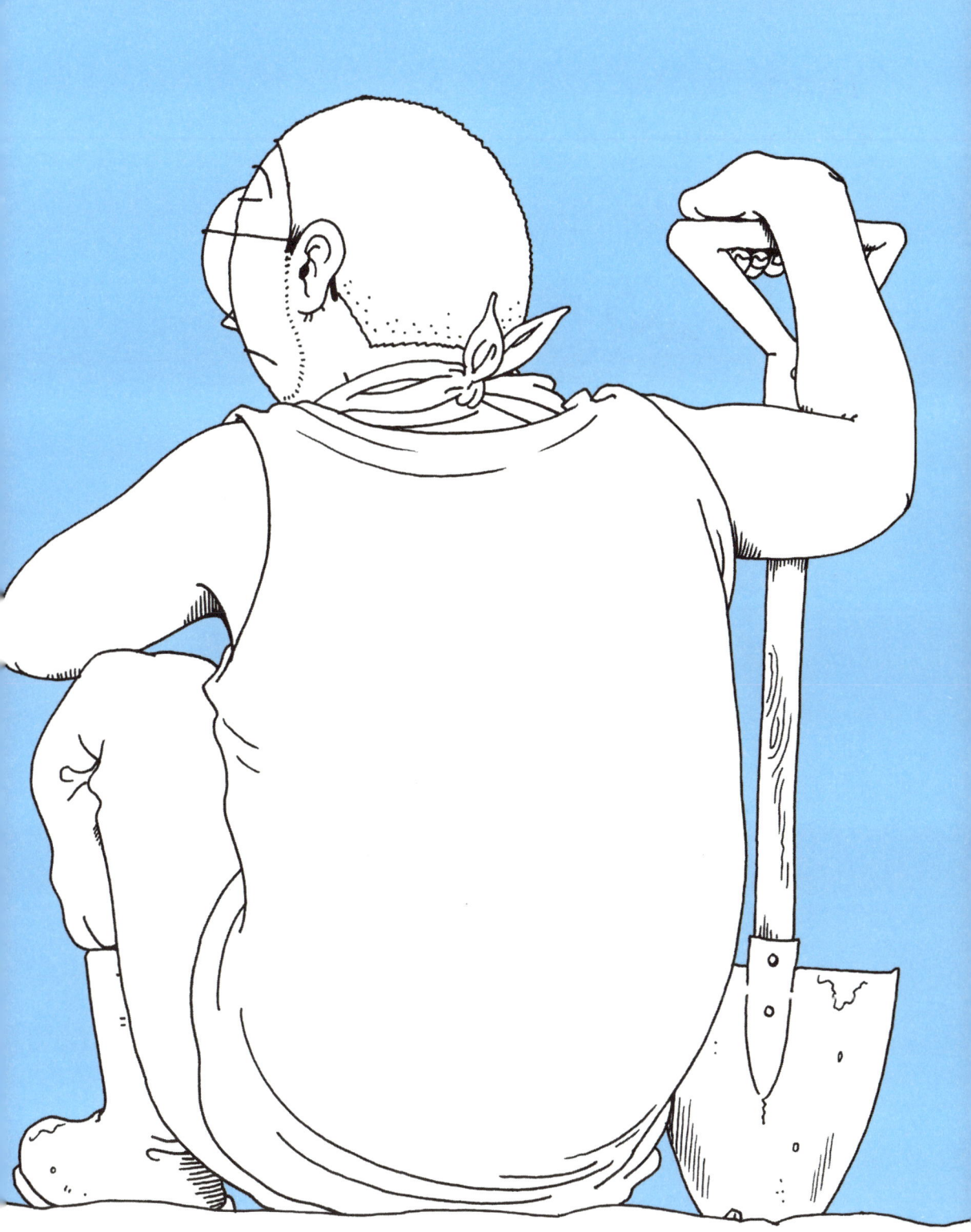

그렇다면,
참는 것도 능사는 아니지.

어차피 더 진도를 나가면 정말 몰입해야 하니까
지금이 마지막 기회일 수도 있겠구나.

올 때처럼 뗏목을 탈 수도 있지만
오래 걸리니까 책 가오리를 한 마리 낚아서…

잠시만 얻어 타자!

자, 준비됐지?

"네!"

처음에 열기가 좀 까다로워.
바람의 힘을 이용하면 훨씬 쉽지.

시간이 없으니 서문은 건너뛰자.

읽어줄까? "손으로 볼게요. 깊이 있는 책 같아요."

좋지? 내가 아끼는 섬이야.

책은 오솔길
문장 나무 사이로 난
오솔길을 걷다 보면,

걸려 넘어지는 문장이 있어.

그 문장 앞에서 넌 작아지지.

문장 속으로 기어 들어갈 만큼 작아질 수 있어?

해봐. 다치지 않아. 걱정 말고 따라와봐.

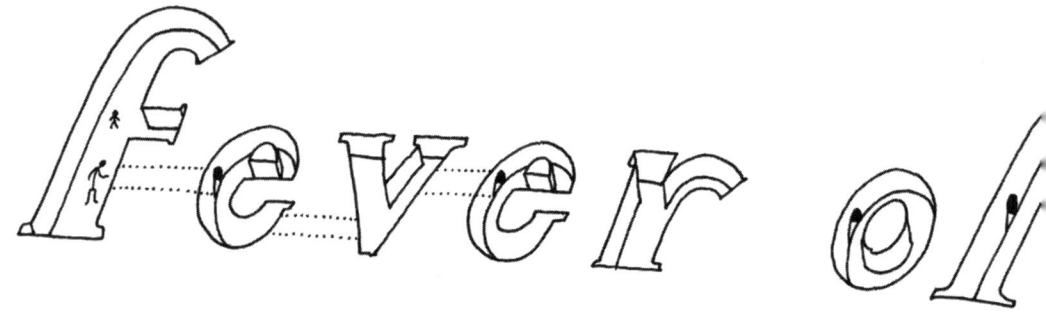

한 문장끼리는 개구멍으로 서로 통해 있고,

마침표에선 다시 나왔다 들어가야 해.

이 작가는 무슨 심정으로 이 문장을 썼을까?

"음, 어쩌면…"

살아 있어! 그럴 줄 알았어!
쫓아가자. 살금살금
소리 내지 않고 접근해야
가까이 가.

저자는 늘 도망을 다니지.
잡힐듯 말듯.
숨바꼭질의 달인들이야.
숨바꼭질을 하다 보면
문장이 몸에 배인다는 걸 잘 알지.

                         네가 쫓아가지 않고는 못 배기게,
                         그러나
                         정작 잡을 순 없을 만큼의
                         거리를 둘 줄 알지.

y, until we reach the point of no
are, in fact, false sphinxes, with
he only way to be in agreement,
 Absurdity is divine.
d honestly thinking them out, in
acting and justifying our actions
. Let's cut a path in life and then
s adopt all the poses and gestures
sh to be, and don't even wish to

hem; let's go to concerts without
ho's there; let's take long walks
 let's spend whole days in the

ABSURDITY

Let's act like sphinxes, however f
longer knowing who we are. Fo
no idea of what we are in realit
with life is to disagree with ourse

Let's develop theories, patientl
order to promptly act against the
with new theories that condemn
go immediately against that path.
of something we aren't and don'
be taken for being.

Let's buy books so as not to re
caring to hear the music or to se
because we're sick of walking;
country, just because it bores us,

그런데 내가 깨달은 건,
작가들도 우릴 필요로 한다는 거야.
쫓아오는 사람 없이 가는 도망이
무슨 도망이겠어?

"그걸 어떻게 알아요?"

지칠 때쯤, 포기하는 시늉을 해봐.

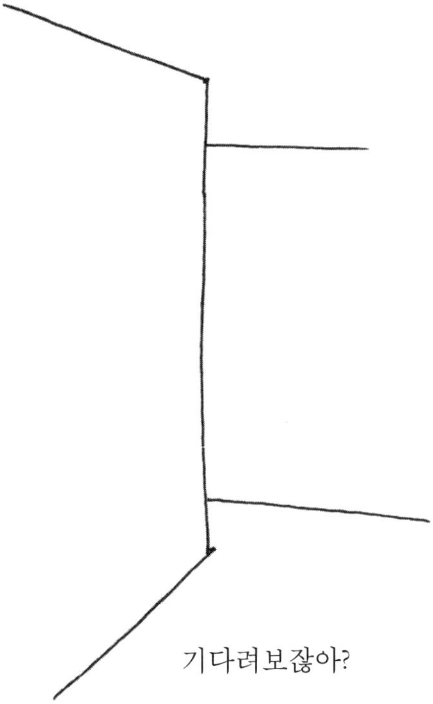

기다려보잖아?

슬쩍 모습을 드러낼걸?
네가 오나 안 오나….

그런 게 저자들이야.

그러니 너무 빠지진 말아.
그만 가자. 우린 우리 할 일이 있잖아.

"삽질할 힘이 나요."

그 느낌이 팔딱일 때 미친 듯이
공사 현장으로 달려가는 거야.

"잘 잤어요? 표정이 왜 그래요?"

음… 말 안 하려고 했는데.
다름이 아니라, 제일 힘든 단계에 봉착했어.
이번만은 그냥 넘어가나 했는데 정말 여지가 없군.

암초에 걸렸어. 책을 파다 보면
반드시 문제란 걸 맞닥뜨리게 돼.

물론 그 문제를 피해
나머지 부분만 팔 수도 있어.

하지만 신경이 쓰이지.
문제가 생각보다 클 수도 있고.
어떻게든 처리하지 않고는
아무 일도 안 되겠다는 느낌이 강해진단다.

문제 위에 쌓인 먼지를 걷어내면 문제는 살아 움직여.

넌 그것과 씨름해야 해.

그건 도깨비 같아서 동물이 되었다, 괴물이 되었다,

자빠뜨려 보려고 해도 여의치 않고,

두 다리 버티고 있기도 힘들지.
힘이 빠져 울고 싶어도 물고 늘어져야 해
넘어가면, 지금까지 쌓은 걸 녀석이 모두 망칠 수 있어.

이 결투는 처음부터 불리한 게임.

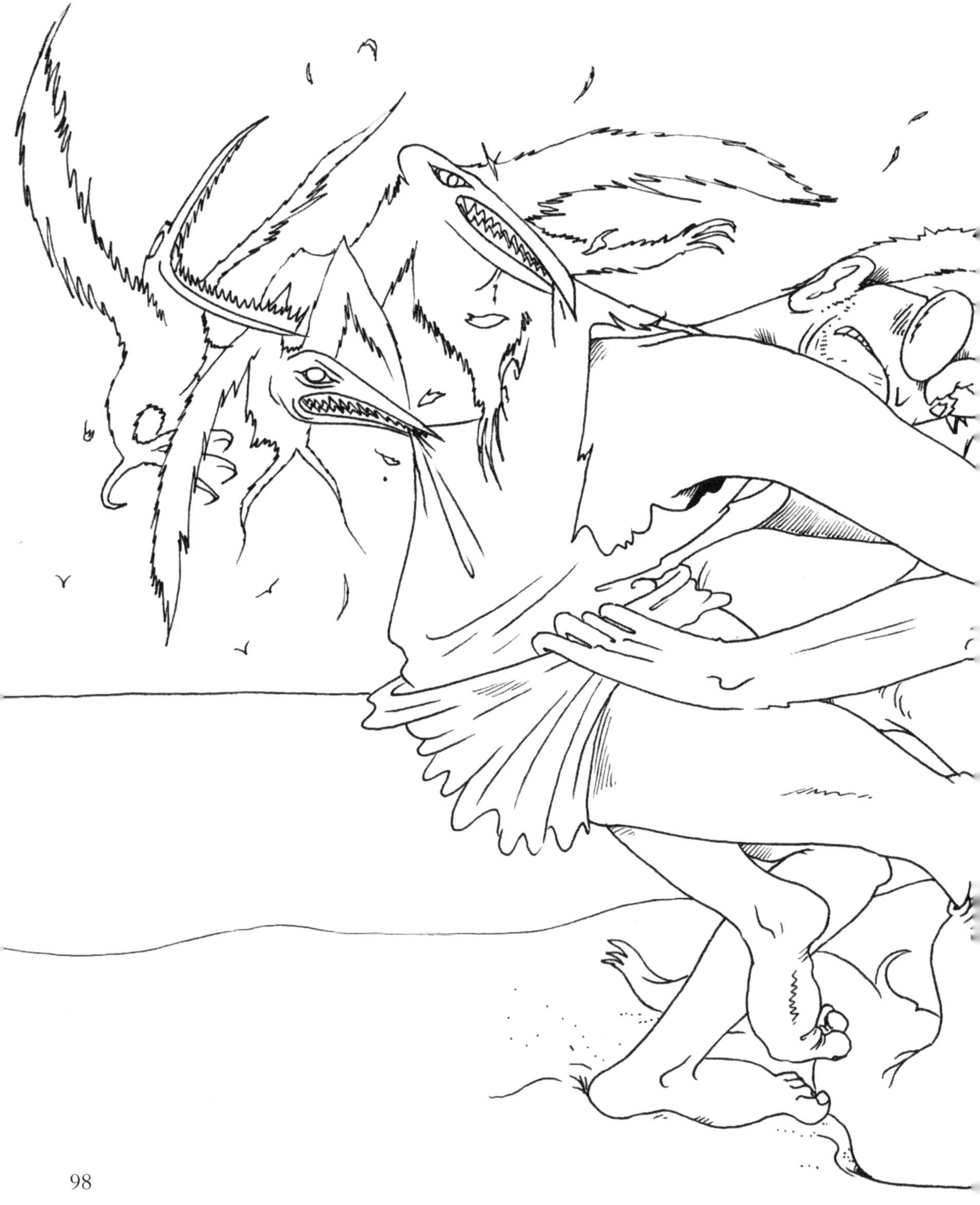

쓰지 말 이유는 수만 가진데,
써야 할 이유는 하나도 없는.

그래도 의지는 네 편이고
그게 널 버티게 하지.

문제 해결? 그건 다름 아닌 직면이야.
끝없는 직면.
직면한 채 문제가 던지는 모든 자극에
끝까지 반응할 수 있느냐.

질기게 버티면 어느 순간 제 풀에 지쳐서
너를 피해버리지.

문제란 그런 거야.
문제도 너에게 질릴 수 있는 거지!

근데 여기서 힘을 많이 빼게 되어 있어.
연료 탱크의 반 이상을 써버리지.
아직 할 일이 많이 남았는데…

"문제는요? 어찌 됐죠?"

가버렸어. 근데 멀리 안 갔어.

"괜찮은 거예요?"

뼈끈하긴 하지만… 일어나야지.
곧 다시 올 거고,
그땐 나도 힘이 없을 거야.
시간을 좀 번 것뿐이니 다시 오기 전에
작업을 완수하고 여길 뜨자고.

어서 우리 일꾼들부터 배불리 먹여 보내고,

여기서부턴 우리 몫이야.
끝까지 도울 수 있겠어?
손바닥 쓸 일이 많을 텐데.

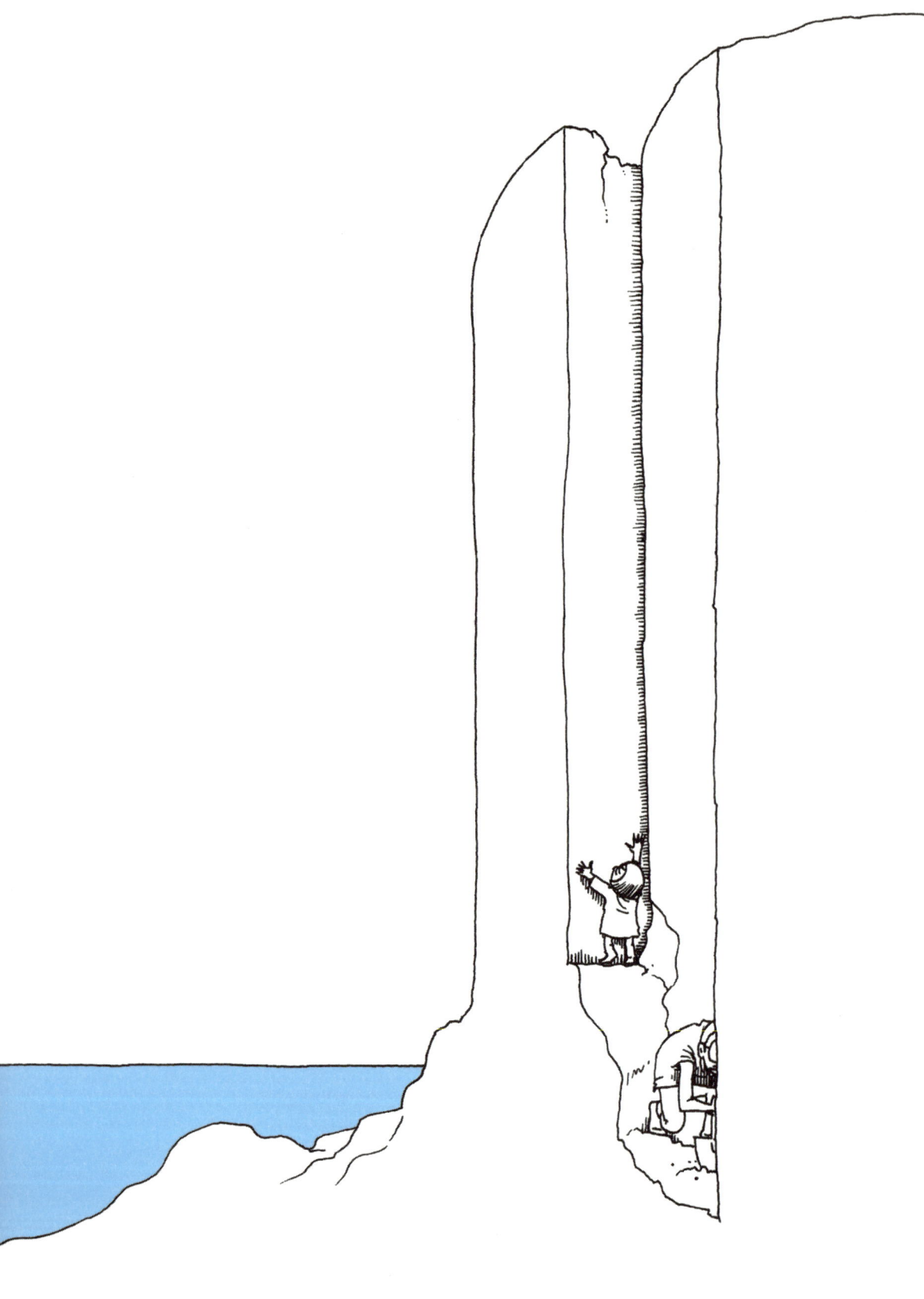

얼마나 지났을까?

"손에 감각이 없어요."

　　　　　　　　토대는 이 정도면 훌륭해.
　　　　　　　　생각대로 나왔어. 정말 수고했어.

"멀리서 보면 어떨지 궁금해요."

가끔 이상한 방문을 받아.
섬을 구경거리로 생각하나봐.
얼마에 넘기라느니, 이렇게 고치면 쓸 만하겠다느니…
웃기는 건 우리한텐 아무런 관심이 없다는 거야.
질문을 하긴 하지, 늘 똑같은.
가령, "끝나는 시기는?"

대처는 간단해. 정직하게 대답해.
글쎄, 한 십 년 후요?
그럼 알아서 가버리더라. 웃기지?

넌 알겠어?

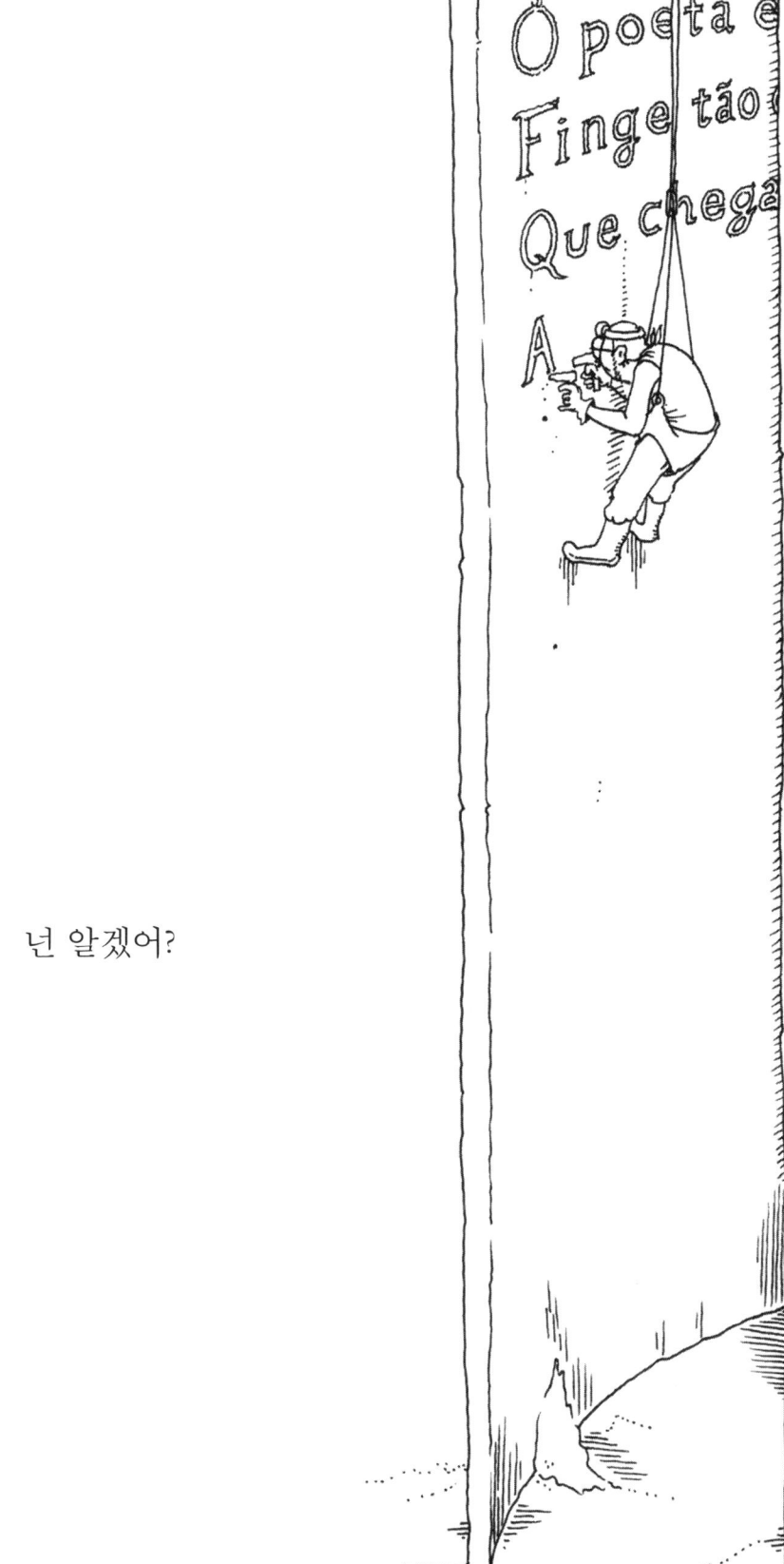

Quero cinquenta coisas
Até os meus sonhos se
I do not ask the wou
I myself become the w
Los detectives perdidos
Schwarze Milch der Fr
Quelque chose dans sa têt

15 시인은
　시를 모르는
　　모르면서 계속 쓴다
시에게 속은 시

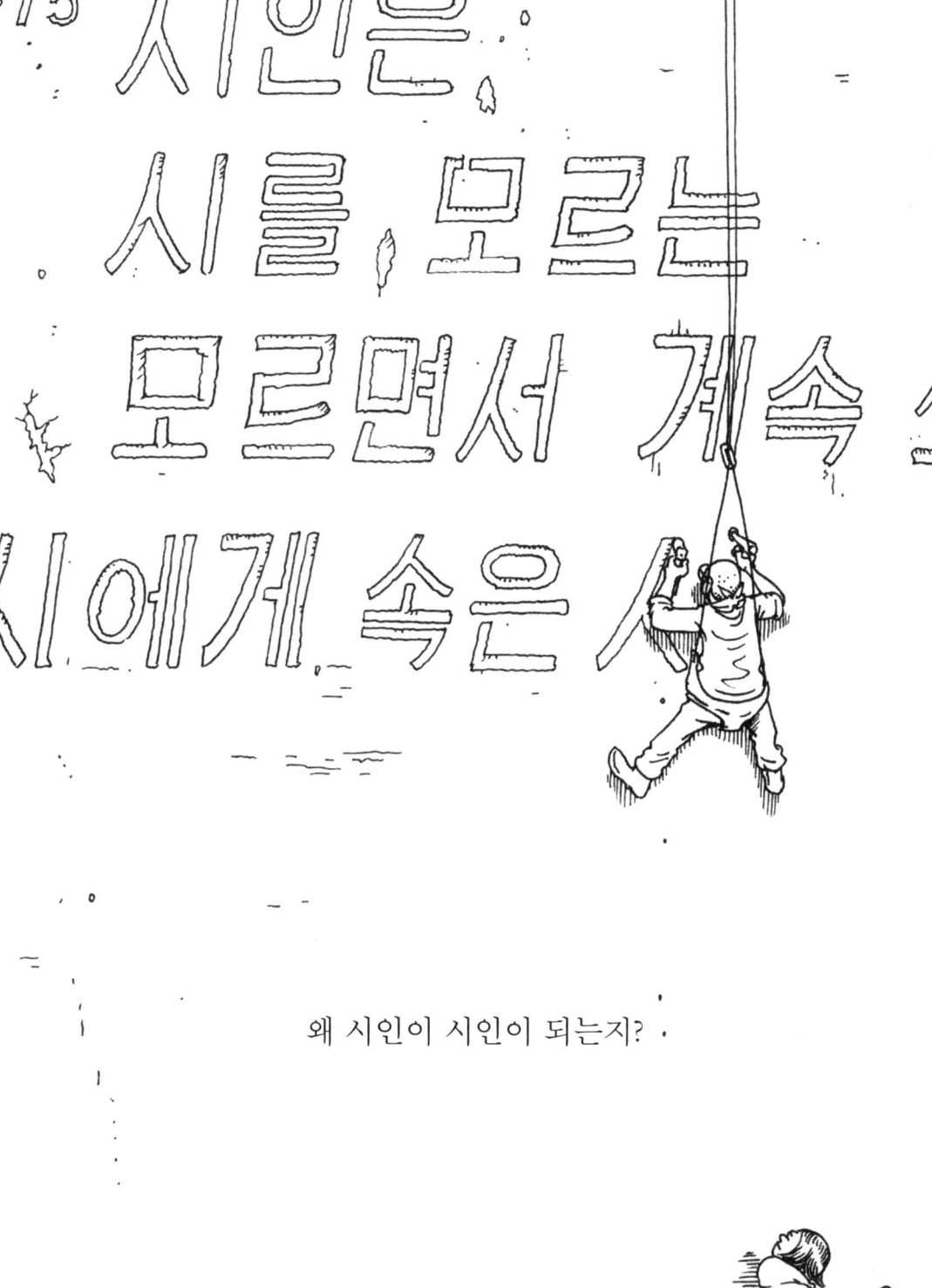

왜 시인이 시인이 되는지?

"와! 드디어…!"

바람이 동쪽으로 불고 있지? 서두르자!

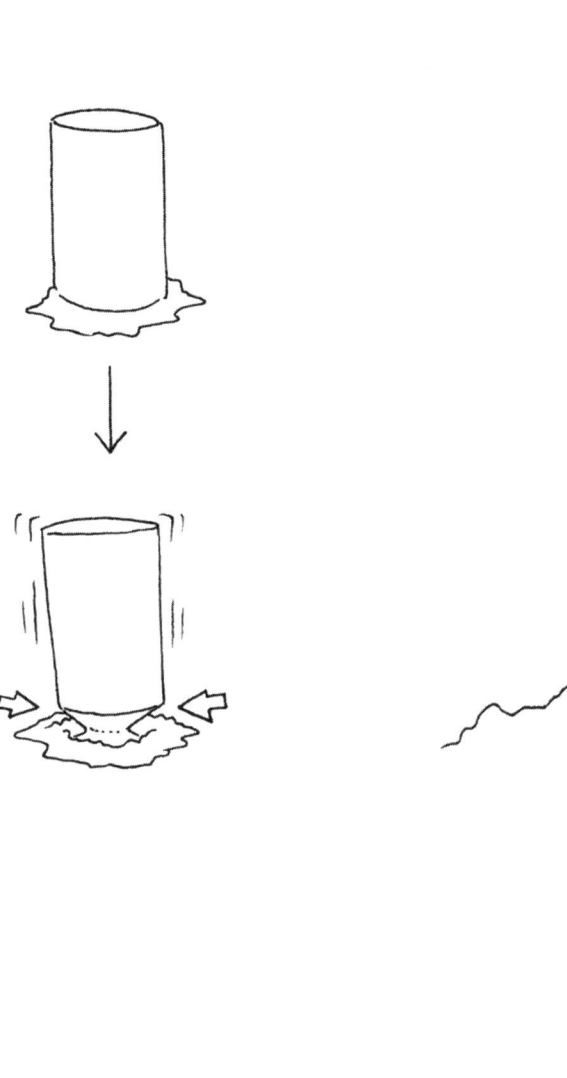

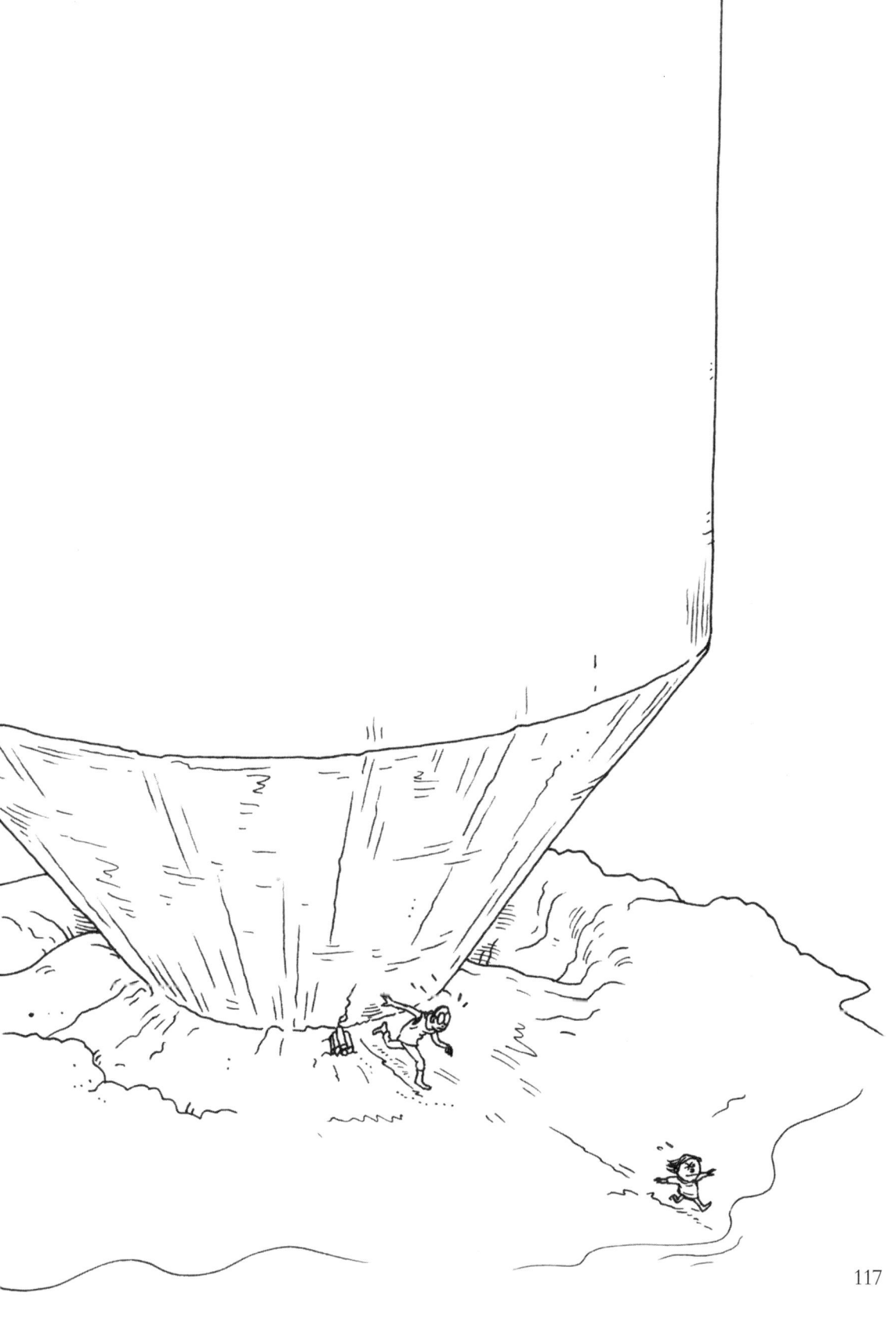

앗! 깜빡했어! 표지 칠하는 걸!

"중요한 건가요? 첨부터 다시 해야 돼요??"

그건 아냐. 일단 자투리부터 자르자고.

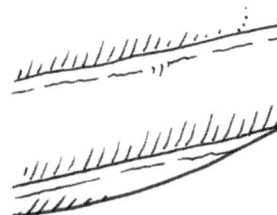

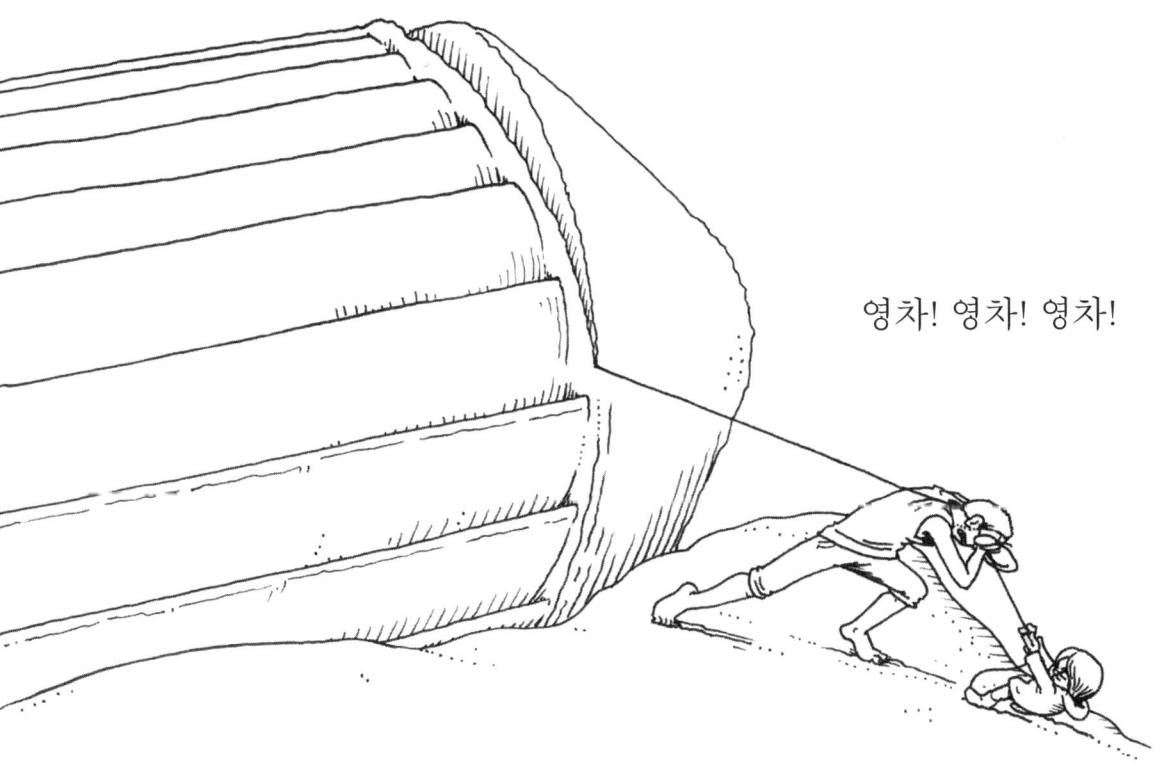

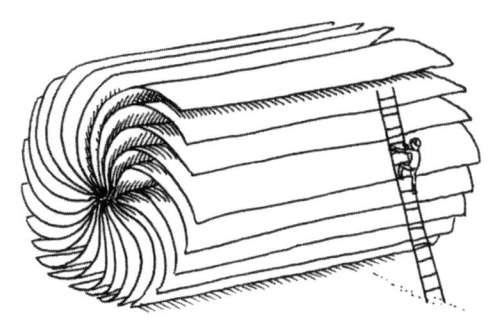

책짓기 수십 년 경력에
초보적인 실수라니…

표지 방수를 까먹었잖아.

"서둘러야겠어요."

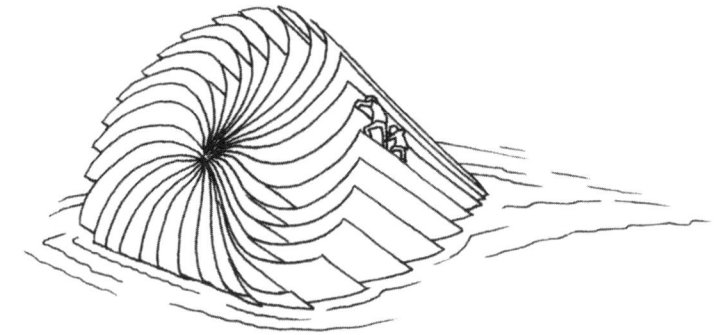

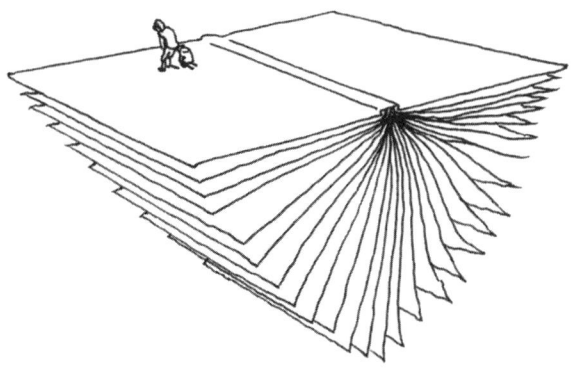

반응이 나쁘지 않은걸?
바닥에서 구멍을 갉아먹는 소리가 들려.

됐어

좀
쉬자.

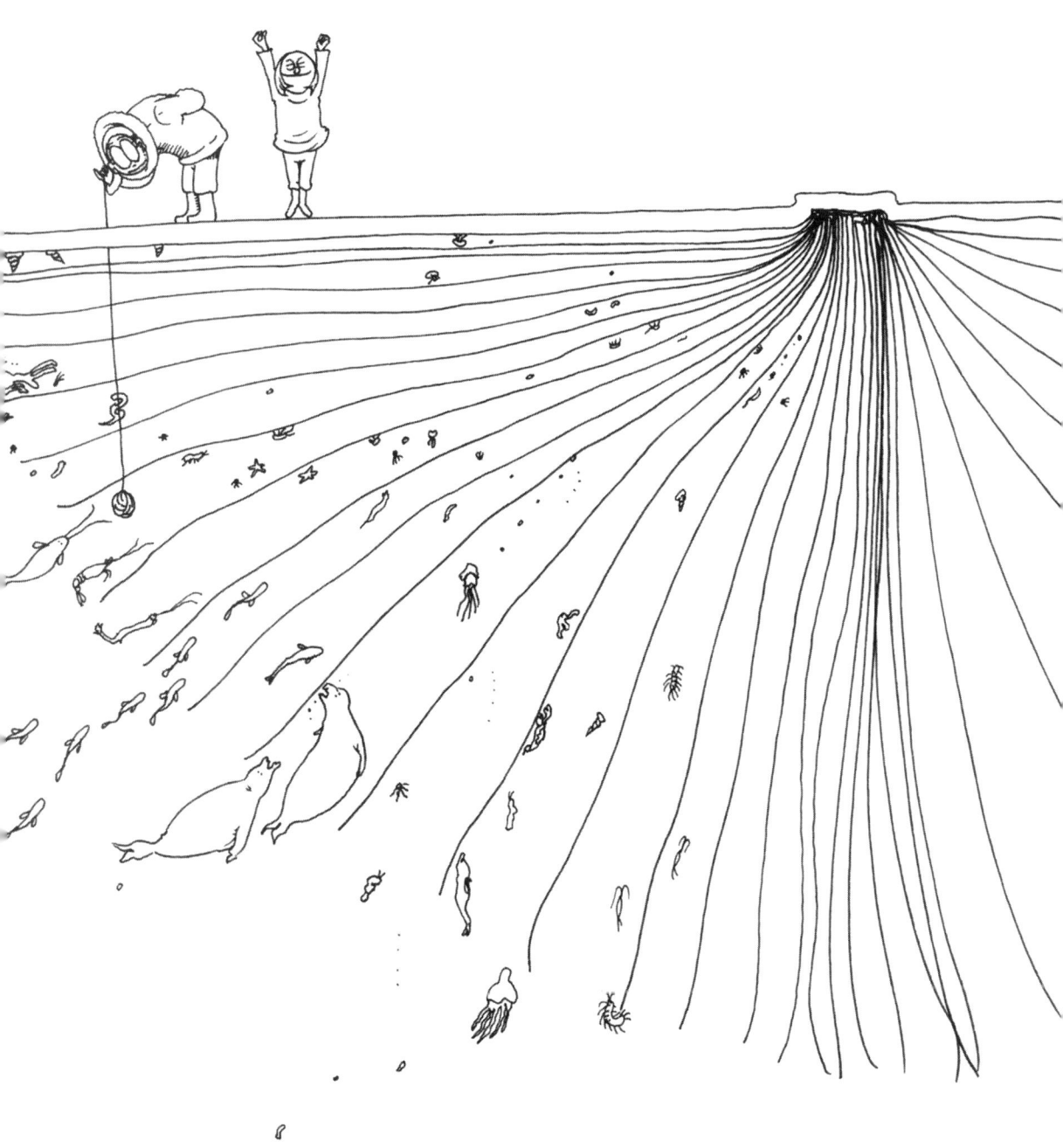

너도 좀 쉬어.
완전히 녹초가 되지 않았다면 일을 덜한 거라고…
헤헤.

하루
이틀
사흘
나흘

한 주, 두 주, 세 주, 네 주

한 달, 두 달, 세 달

표류
어디론가
끝도 없이

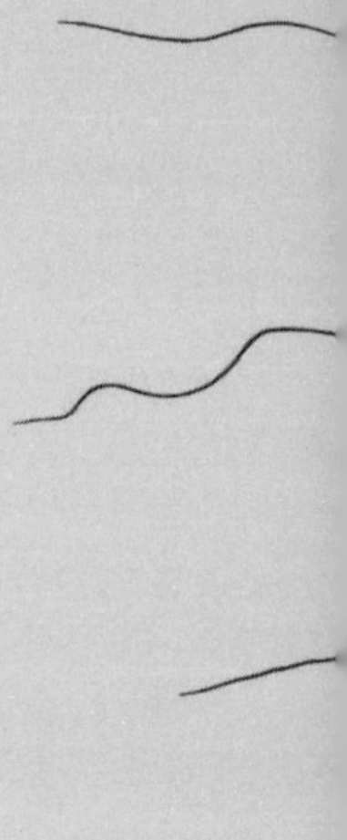

지금쯤이면 잠에서 깨어나

무사히 뭍에 도착했겠지?

책은

만든 사람 게 아니니까.

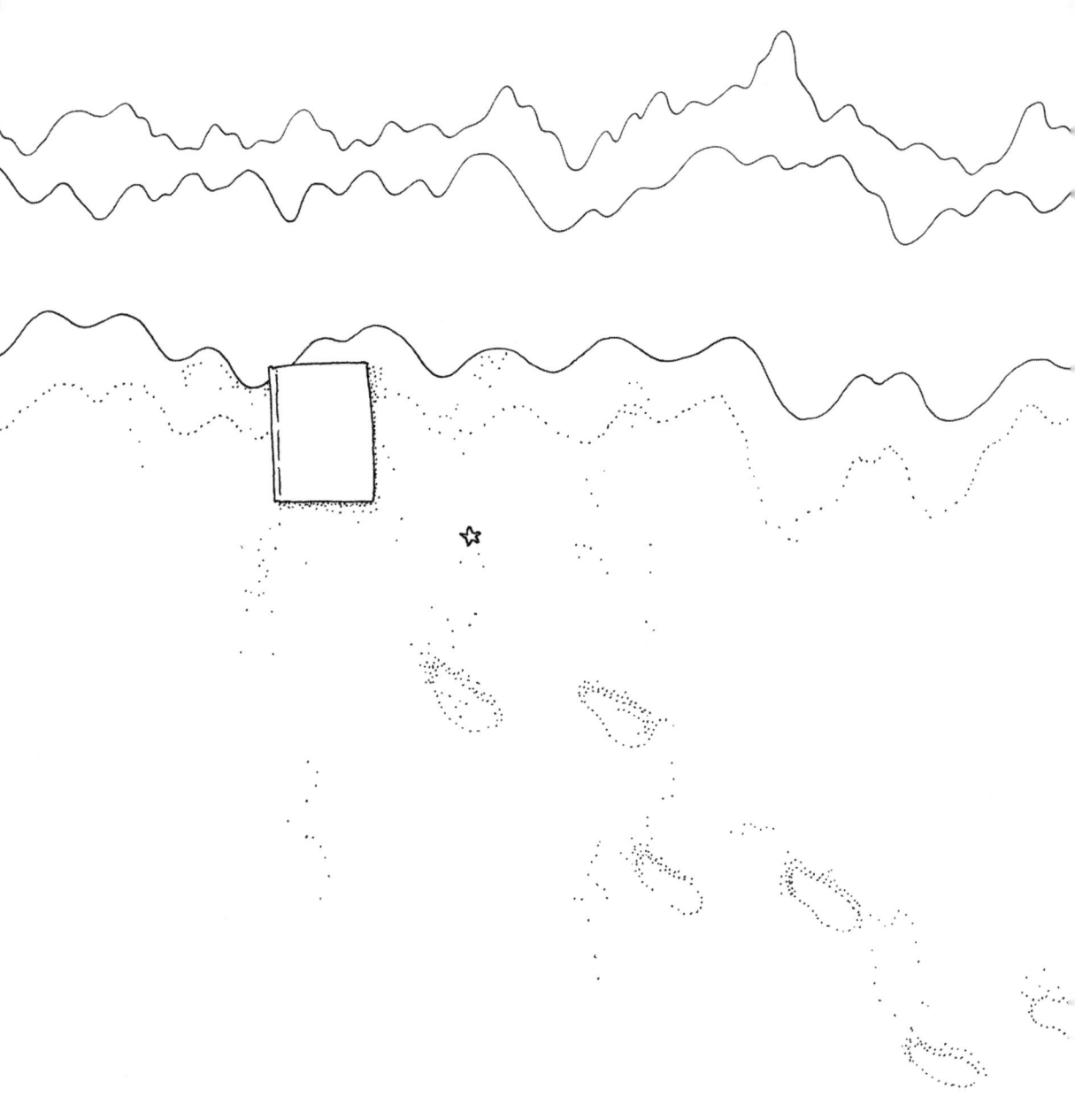

마지막까지 함께한 가을에게

2013. 11. 1

책섬
김한민 지음

초판 1쇄 발행. 2014년 2월 28일
4쇄 발행. 2020년 9월 4일
발행. 워크룸 프레스
편집, 디자인. 워크룸
인쇄 및 제책. 세걸음

ISBN 978-89-94207-32-2 07810
12,000원

워크룸 프레스.
출판등록. 2007년 2월 9일 (제300-2007-31호)
03043 서울시 종로구 자하문로 16길 4, 2층
전화. 02-6013-3246 / 팩스. 02-725-3248
이메일. workroom@wkrm.kr
www.workroompress.kr, www.workroom.kr

이 도서의 국립중앙도서관 출판시도서목록(CIP)은
서지정보유통지원시스템 홈페이지(seoji.nl.go.kr)와
국가자료공동목록시스템(www.nl.go.kr/kolisnet)에서
이용하실 수 있습니다.
CIP제어번호: CIP2014000945